KB158382

날개 꺾인 너여도 괜찮아

LES LITS EN DIAGONALE
by Anne Icart

이 도서의 국립중앙도서관 출판예정도서목록(CIP)은
서지정보유통지원시스템 홈페이지(http://seoji.nl.go.kr)와
국가자료공동목록시스템(http://www.nl.go.kr/kolisnet)에서 이용하실 수 있습니다.
(CIP제어번호: CIP2016026215)

날개 꺾인 너여도 괜찮아

Les lits en diagonale

안이카르
장편소설
장소미 옮김

문학동네

일러두기

1. 주석은 모두 옮긴이주이다.
2. 본문 중 고딕체는 원서에서 이탤릭체로 강조한 부분이다.

필리프에게

아빠, 엄마께

할머니, 비누 이모께

차례

내 서른 살 생일 이튿날 토마와 헤어졌어.

감정이 반반이야. 늘 그렇듯.

물론 사랑을 여럿으로 나눌 수는 있어. 그건 문제도 아냐. 내 안엔 사랑이 넘치니까.

하지만 나를 나눌 수는 없어. 게다가 그가 너를 바라보는 방식이 도무지 마음에 들지 않았어. 너를 바라보지 않는 방식도.

쥘부르데 가街의 아파트에는 마루판이 깔린 기다란 복도가 있었어. 우리 침실은 오른쪽, 부모님의 침실은 왼쪽에 있었지. 두 방 사이엔 벽장이 있었고. 어느 날, 네가 그 벽장에 엄마를 가뒀어. 벽장의 바깥쪽 손잡이는 떨어져나갔고 안쪽에는 손잡이가 없었지. 엄마는 침착하게 대처하셨어. 벽장 안에 걸린 아빠의 양복 호주머니에서 찾아낸 손톱 손질용 줄을 이용해 용케 벽장을 빠져나오셨지. 그 와중에도 엄마는 벽장문 너머로 끊임없이 널 달래셨지만, 엄마의 괜찮다는 말에도 넌 아랑곳없이 엉엉 울어댔어.

거실에는 장식 술이 달린 파란색 우단 소파가 있었어. 나는 우리 가족이 샹티이로 소풍을 갔다가 돌아온 일요일 저녁이면 그

소파에서 젖병에 든 초콜릿 우유를 빨아먹곤 했어. 나중에 우리가 바그람 로路에 있는 아파트로 이사할 때도 따라왔는데 나는 바로 그 소파에서 〈어린이들의 섬〉*을 시청했지. 내가 흑백텔레비전을 보고 너는 컬러텔레비전을 보는 주간에는 말이야. 아빠가 리모컨으로 조종하는 새 텔레비전을 사왔는데 우리가 저마다 좋아하는 프로그램을 보겠다고 떼를 쓰자 명쾌하게 해결하셨어. 한 주씩 돌아가면서 새 텔레비전을 차지하는 걸로. 넌 〈숫자들과 문자들〉**을 한 주는 컬러로, 그다음주는 흑백으로 보고, 난 〈어린이들의 섬〉을 한 주는 컬러로, 그다음주는 흑백으로 보았지.

아빠는 우리에게 일찌감치 공평함에 대한 개념을 새겨주신 거야. 우린 절대 서로를 질투하는 법이 없었지.

쥘부르데 가의 아파트 부엌은 안뜰에 면해 있고 층계참과 철제 계단이 있었어. 엄마는 바르바리아 오르간*** 연주자가 집 앞을 지날 때면 알루미늄 포일로 싼 5프랑짜리 동전들을 던져주

* 민영방송 TF1에서 인기리에 방영된 어린이 프로그램(1975~1982). 이 프로그램의 중심 캐릭터인 카지미르라는 이름의 주황색 공룡이 특히 유명하다.

** 1972년부터 2016년 현재까지 공영방송 프랑스2에서 방영되고 있는 프랑스에서 가장 오래된 퀴즈 프로그램.

*** 손잡이를 돌려서 소리를 내는 이동식 오르간.

셨지.

난 프티쉬스*를 싫어했고, 넌 요구르트라면 사족을 못 썼어.

일요일 아침이면 우린 부모님의 침대로 달려가 '테러'를 일으켰어. 난리법석을 부린 거였는데 엄마는 이걸 테러라 부르셨지. 넌 네발로 기어서 내 뒤를 따르며 큰 소리로 까르르거렸어. 네가 웃을 때면 덩달아 나도 얼마나 신이 났던지. 그때의 우리 모습을 담은 사진도 있어. 아마 그래서 내가 당시를 이토록 생생히 기억하는 걸 거야. 그때 난 채 세 살이 되지 않았는데도 말이야.

네 침대와 내 침대는 대각선으로 비스듬히 놓여 있었어. 난 네 침대로 들어가 너와 함께 잠드는 게 좋았어. 서로 꼭 붙어 있을 때 느꼈던 그 평온함과 안도감이 오랜 세월 동안 날 따라다녔어. 너와 딱 붙어 누워 있으면 아무 일도 닥칠 것 같지 않던 그 느낌. 밤이 되어 어둠이 깔려도 난 끄떡없었어. 네가 있었으니까.

그래서 난 우리가 방을 따로 쓰던 때가 싫었어.

침대 옆 탁자 위에 있던 주황색 전축이 클로클로**와 조 다생

* 노르망디 지방의 크림치즈.

** 1960~70년대 프랑스를 풍미했던 요절 가수 클로드 프랑수아의 애칭.

의 노래들을 토해내곤 했지.

아빠가 퇴근하실 무렵 우린 이미 침대에 누워 있었지만 아직 잠이 들진 않았어. 옛날이야기를 들으려고 아빠를 기다렸지. 「빨간 두건」, 「곰 세 마리와 금발머리 소녀」, 「티누프」. 우리가 달달 외우는 그 이야기들. 아빠가 책을 읽는 것이 아니라서 매일 밤 내용이 달라졌고 우린 이야기가 조금이라도 변형되면 금세 알아차렸어. 네 목소리는 아주 작고 날카로웠는데 아빠가 전날과 다르게 이야기를 할라치면 부르짖듯 정정을 했지. "늑대, 늑대, 늑대!" 늑대가 빨간 두건 소녀의 할머니를 삼켜버리면 어찌나 가슴이 뛰던지. 난 네 말을 죄다 그대로 따라했어. "늑대, 늑대, 늑대!"

"늑대, 늑대, 늑대!" 아빠는 문을 닫으며 쉿 하고 주의를 주셨지만 손가락을 댄 입술은 웃고 있었지.

티누프는 어느 날 밤 갑자기 어른이 돼버려. 다음날 몸에 맞는 옷이 하나도 없자, 새 옷을 사줄 수밖에 없게 된 티누프의 엄마는 아이를 데리고 오스만 대로에 있는 쇼핑센터로 데려가지. 넌 아빠 엄마와 차를 타고 그 앞을 지날 때마다 차창에 얼굴을 바짝 붙이고는 소리를 질렀어. "티누프네 집이다, 티누프네 집이다!"

넌 거실에 있는 개폐식 책상에서 숙제를 했어. 엄마는 널 야단치고는 우셨어. 난 영문을 몰랐어. 엄마가 우시면서 넌 절대 안 될 거라고 말씀하셨던 것 같아. 뭐가 절대 안 된다는 건지. 넌 무척 열중해 있었고 열심인 듯 보였는데. 무척 귀여웠지.

베르나르팔리시 학교에선 널 볼 수 없었어. 적어도 일 년 동안은 우리가 같은 교실을 썼을 텐데 말이야. 교실이 같더라도 넌 5학년이었고 난 3학년이었지. 넌 발달이 약간 더뎠어. 우리 사이엔 4학년들이 있었지. 공간상으로도 말이야. 처녀였던 리바예 선생님의 활약이 대단했지. 지금도 벽촌에선 그럴 텐데, 옛날 학교처럼 세 학년의 수업을 동시에 했으니까. 그리고 난 엄마가 새

원피스를 지어주시는 날이면 어김없이 교단에 올라가야 했어. 재봉사 엄마가 늘 어린이 모델처럼 입혀주었기 때문이지.

교단에 올라가는 게 좋았는지 싫었는지는 모르겠어. 하지만 교단에 올라가버릇하면서 내가 표현력과 연기력을 키우지 않았나 싶어.

나의 단짝 친구는 마티외였어. 샛노란 금발에 옷을 매우 잘 입는 아이였지. 진녹색 조끼에 남색 또는 타탄체크무늬 반바지를 입었던 게 기억나. 마티외는 학교 바로 맞은편에 살았고, 난 마티외가 복 받았다고 생각했어. 혼자서 학교와 집을 오갔으니까. 어엿한 어른처럼. 마티외에겐 제 오빠를 넋을 놓고 바라보는 쥘리에트라는 여동생이 있었는데, 난 그게 당연하다고 생각했어. 나 또한 내 오빠인 너를 넋을 놓고 바라봤거든.

우리가 발음교정소에 다닌 게 무슨 요일이었더라? 더는 기억이 안 나. 하지만 동네는 트로카데로였던 것 같아. 내가 아직 베르나르팔리시 학교에 다니기 전이었지. 발음교정소의 널따란 대기실 한가운데에는 커다랗고 낮은 탁자가 있었어. 난 네가 코냐니 선생님 방으로 들어갈 때면 그 탁자 밑으로 기어들어가곤 했지. 머리 위에 뭔가가 있는 게 좋았거든. 고양이처럼 말이야. 난 왜 우리가 그곳에 가는지 몰랐어. 네가 말하는 법을 배우기 위해

서라고 엄마가 설명해주시긴 했지만 나한텐 이상한 얘기로 들렸지. 우리 둘이서는 의사소통하는 데 아무런 문제가 없었으니까.

엄마는 예쁘셨어. 얼마나 예쁘던지. 머리칼은 짙은 갈색에 눈동자는 아주 커다랗고 새카맸지. 난 엄마의 미소가 좋았어. 엄마는 늘 미소 지으며 날 쓰다듬어주셨지. 그때가 서른여섯이었나. 아무튼 난 그렇게 알았고 이런 말을 달고 살았어. "엄마, 나한테 엄마는 항상 서른여섯 살이야." 엄마가 서른여섯일 때, 난 채 세 살이 되지 않았어. 그때 무슨 일인가가 일어났던 거야. 시간을 멈출 무슨 일인가가.

우리는 불로뉴 숲에서 자전거를 탔어. 오빠인 너의 자전거는 하얗고 커다랬지. 내 것은 아직 세발자전거였고. 내 뒤에 있던 네가 나를 추월하려고 앞서나가며 내 자전거 손잡이를 잡아당겼어. 그 바람에 내가 넘어지며 머리를 땅에 박았지. 우린 황급히 집으로 돌아갔어. 날 넘어뜨려서 네가 슬펐는지 어땠는지는 모르겠어. 어쨌든 난 아빠의 R16 승용차 뒷좌석에 누웠어. 내가 눈앞이 뿌옇다고 하자 엄마는 불안에 떨며 어쩔 줄 몰라하셨지. 우리는 병원으로 갔어. 병원 대기실에서 간호사 한 명이 내 앞을 지나칠 때마다 익살스러운 표정을 지어 보였어. 난 웃고 싶은 기분이 아니었어. 머리가 아팠거든. 뇌를 엑스레이로 촬영했지만 아무 이상이 없었어. 응급실을 나서며 내가 토하자 다시 병원으로 들어가 뇌를 재촬영했지만 역시 아무 이상이 없었어. 정수리에 커다란 혹이 났을 뿐이었지. 그때 넌 어디 있었는지 모르겠어. 비누 이모와 가비 이모부 집에 있었나? 기억이 안 나. 하지만 무슨 경황으로 널 그곳에 떨어뜨려놓고 병원에 갔겠어. 그래, 너도 분명 우리와 함께 병원에 있었을 거야. 그때 난 베일을 두른 듯 눈앞이 흐릿했으니 기억도 흐릿할밖에. 넌 날 일부러 넘어뜨린 게 아니었으니까 아무 잘못이 없었어. 네가 꾸지람을 들었던 것 같지는 않아.

넌 나보다 훨씬 자주 병원에 갔지만 난 따라간 적이 한 번도 없었어.

아빠와 엄마는 영화관에 가실 때면 우리를 돌보라고 엘므 '할무니'를 불렀어. 난 그 할머니가 싫었어. 늙고 거구에 악취를 풍겼거든. 그 할머니는 우리가 잠들었는지 확인한다고 기껏 방으로 들어와서는 불을 켰고, 그 바람에 우리는 잠에서 깨곤 했어. 싫은 할머니였지.

그 할머니는 우리 아파트가 있는 쥘부르데 가의 다른 아파트 꼭대기 층인 팔층 다락방에 살았고, 난 이따금 혼자 거기에 가 있어야 했어. 아마 엄마가 널 데리고 발음교정소에 가면서 날 두고 가고 싶으신 날이었거나, 네가 병원에 가는 날이었을 거야. 난 엘므 '할무니'와 단둘이 있는 게 싫었어. 그 집은 화장실이 층계참에 있었는데 내가 용변을 보고 싶어하면 그 할머니는 날 데리고 화장실로 가서 몸이 변기에 닿지 않도록 변기 위로 날 번쩍 안아올리곤 했어. 난 그게 정말 싫었어, 정말 싫어, 싫어.

우리는 이사를 했어. 그리 멀지 않은 동네로. 엄마가 우리를 새 아파트로 처음 데려간 날, 아파트가 아직 휑해서 그랬는지 우리에겐 운동장만큼이나 넓어 보였어. 쥘부르데 가의 아파트와 비교하면 실제로도 그랬고. 우리는 부엌과 연결된 기다란 복도를 뛰어다니기도 하고 커다란 벽장들 속에 숨기도 했어. 우리 몸이 들어가고도 남을 만큼 벽장들이 커다랬어. 어느 방 한가운데 바닥에는 큼지막한 검은색 전화기 한 대가 놓여 있었어. 병원에 있는 전화기같이 버튼이 여러 개인 아주 묵직한 전화기였지. 전에 살던 사람이 깜박하고 두고 간 모양이야. 난 전화기를 좋아했는데 그때껏 그런 전화기는 한 번도 본 적이 없었어. 난 지스카르 데스탱 대통령에게 전화를 걸려고 했어. 전에는 퐁피두 대통령한테 걸었지만 이제 그는 세상을 떠나고 없었으니까. 그날 우리는 엄청 웃어대며 소란을 떨었어. 그날은 엄마가 무척 행복하신 날이었어.

그뒤로는 집안 분위기가 원래대로 다시 조용해졌지. 내가 일곱 살이 될 무렵이었어.

그때부턴 명실상부한 내 방이 있었지. 어엿한 소녀들이 쓰는 예쁜 침대가 놓인 분홍색 방이. 숙제를 할 수 있는 널찍한 책상도 있고 커다란 장롱도 있었어. 오빠 너의 방은 파란색이었어. 우리집 저쪽 끝, 내 방 반대편에 있었지. 수십 킬로미터의 복도가 우리를 갈라놓았어. 네가 그립기 시작했지.

내 예쁜 분홍색 방에서 무서워하며 달달 떨었던 기억이 나. 특히 토요일 오후에 텔레비전에서 영국 공상과학 드라마 〈스페이스 1999〉를 보고 나면 더욱 그랬지. 흑백이냐 컬러냐는 중요하지 않았어. 밤이면 침대 밑으로 고개를 푹 숙여 문어같이 생긴 우주 괴물의 다리들이 있나 없나 살피곤 했어. 하지만 자리에서 일어나 커튼 뒤에 숨어 있을지도 모르는 우주 괴물을 찾아낼 엄두는 나지 않았어. 커튼 뒤에 텅 빈 우주가 펼쳐져 있을 것 같았거든.

난 작은 손전등을 만들었어. 손잡이 끝에 고무줄로 작은 전구를 매달고 납작한 건전지를 연결해서 말이야. 그러고는 잠자는 시간을 늦추려고 몰래 숨어서 책을 읽었지. 우리가 방을 따로 쓰기 시작하면서부터 생긴 습관이야. 아빠는 우리에게 더는 옛날이야기를 해주지 않으셨어. 빨간 두건이며 금발머리 소녀며 티누프도 각자 자기들 방이 있었어. 그 아이들도 심심해서 진저리를 냈을 게 분명해. 나처럼. 내가 만든 작은 손전등이 위안이 되긴 했지만 어쨌든 너는 아니었어. 손전등은 그저 내가 잠들 때까지 엄마가 복도에 켜놓았다가 아빠가 잠든 나에게 키스한 뒤 끄곤 했던 전등 그 이상도 그 이하도 아니었지.

엘므 '할무니'는 다시 볼 일이 없었어. 다행이었지. 싫은 할머니였으니까.

엄마가 부엌 싱크대에서 설거지를 하고 계셨어. 물이 졸졸 흐르고 세제 거품이 점점 부풀었지. 난 거품을 날리려고 그 위로 입김을 후 불었어. 가스레인지에는 우유가 담긴 냄비가 얹혀 있었어.

나는 엄마 곁에 바짝 붙어 있었지만 키가 너무 작아서 싱크대 안을 볼 수가 없었어. 오직 싱크대 위로 난 창문과 그 안에 들어 있는 하늘, 엄마의 옆모습만 보였지. 아, 그래, 거품 언덕도. 엄마가 말씀하셨어. 나를 마치 어른 대하듯 이렇게 말씀하신 거야. 너도 이제 세상의 이치를 이해할 수 있는 나이라고. 이어서 오빠인 네가 남다르다고, 다시 말해 좀 아파서 더 세심한 보호가 필요하다고 말씀하셨어. 난 내가 더러 그러듯 네가 감기에 걸렸고 이제 곧 비테르보 의사 선생님이 오셔서 너를 낫게 해주리라고 생각했어. 비테르보 선생님은 청진기를 댈 때 내가 옷을 들어올리지 않으려 해도 잘만 낫게 해주셨거든. 내가 저항하면 그저 껄껄 웃으셨지. 그러니까 심각할 건 없는 거였어.

"심각한 거 아니지, 응, 엄마? 심각한 거 아니니까 금세 나을 수 있는 거지?"

왜 물 흐르는 소리가 더이상 들리지 않는 걸까? 왜 냄비에서 우유 끓는 소리가 더이상 들리지 않지?

엄마는 네가 감기에 걸린 게 아니라 고칠 수 없는 병에 걸렸다고 말씀하셨어. 너는 늘 그 모양일 거고 늘 우리를 필요로 할 거라고. 다른 아이들보다도, 나보다도, 훨씬 더 많은 도움이 필요하다고. 그러니 내가 오빠인 너한테 잘해줘야 한다고, 늘 너를 보살펴야 한다고. 그때 내 귀에 들어와 박힌 말은 네가 영영 낫지 않으리라는 거였어. 그러니까 너는 영웅, 나의 영웅이 아니라는 거였지. 내가 어둠이나 문어같이 생긴 외계인을 무서워할 때 나를 안심시켜줄 든든하고 다정한 오빠가 아니라는 얘기였어. 그동안 단어들이 너의 입가에서 좌충우돌한다거나 걸음걸이가 위태롭다거나 행동이 늘 굼뜨다는 건 의식하지 못했는데. 오빠 너는 나의 영웅이었는데. 나는 무조건적인 찬탄에 눈이 멀어 그 모든 걸 전혀 보지 못했던 거야. 내 사랑하는 오빠. 한순간 세제 거품 언덕이 무너져내리고, 우유 거품이 냄비 위로 흘러넘쳤어. 내 상태도 냄비와 똑같았지. 불에 그을리고, 코까지 물이 찬 것 같이 숨이 막히고, 흘러넘치는 무엇을 주체할 수 없는 상태.

그럴 리 없어, 엄마가 착각하는 거야. 그럼 더이상 오빠 너를 사랑할 수 없잖아. 세상이 이런 식으로 무너져내릴 수는 없는 거야. 왜 내가 이 모든 현실에 눈떠야 하지?

하지만 세상의 엄마들은 절대 틀리는 법이 없다는 걸 배워야 했어. 그날 그 순간부터 나는 거의 매일 저녁 죽음을 떠올렸어. 그리고 세상의 종말도. 그런 걸 일컬어 불안이라고 한다는 걸 그땐 아직 몰랐고 나중에야 알았지. 여하튼 그때부터 정체 모를 불안이 시작되었어. 네 날개가 꺾인 그때부터. 아울러 나의 꿈도 꺾였지. 쾅! 하고 폭발하며 허망하게 스러지는 지옥 같은 지구의 환영이 눈앞에 어른거렸어. 세상 모든 것이 불길 속으로 영원히 사라져버리는 대혼란. 아무도 아무것도 눈치채지 못했어. 난 절망감을 혼자서만 간직했어. 마음속 깊이 꼭꼭 숨겨놓았지. 난 아주아주 상냥하게 굴려고 애썼어. 오빠 너를 사랑하기를 멈추지 않았어. 외려 그 반대였지.

하지만 더는 전과 같을 수 없었어.

우리는 둘이서 함께 등교했어. 귀스타브도레 가로 접어들어 내게 피아노를 가르쳐주는 세에 선생님 집 앞을 지나쳤지. 난 너와 함께 학교에 가는 게 마냥 좋았어. 어른이 된 기분이었거든. 커다란 책가방을 멘 우리는 도란도란 이야기를 나누는가 하면 까르르거렸지. 누가 뭐라 해도 오빠 너는 여전히 내 보호자였어. 난 이미 혼자 삭이는 법을 익혔던 것 같아.

"……그럼 2324 곱하기 2는?"

넌 빙긋 웃으며 이 분간 생각한 뒤 대답했지.

"4648."

"음, 그럼……"

페레르 대로 모퉁이의 작은 기차 앞을 지날 때면 나는 외젠플라샤 광장에서 스케이트를 지치는 아이들에게서 눈을 뗄 줄 몰랐어. 엄청나게 소란스러웠지. 난 그곳을 지나는 게 싫었어. 외젠플라샤 광장에서 스케이트를 타는 아이들은 나보단 나이가 많고 오빠인 너보단 어린 우리 학교 애들이었는데, 널 손가락질하며 이렇게 외쳤거든. "야, 저기 미친놈이다." 그럴 때면 우리는 철길 철조망에 바짝 달라붙었지.

"……그럼 4648 곱하기 3은?"

오빠 너한테 미친놈이 무슨 뜻인지 아느냐고 물어볼 수도 있었을 거야. 내겐 별 뜻 없는 말이었으니까. 그럼에도 불구하고 난 아이들이 심술궂다고 느꼈고 상처를 받았어. 동시에 그 아이들에 대한 맹렬한 증오심이 솟구쳤고, 우리의 역할이 바뀌는 중이라는 것을 인식했지. 이 놀라운 야수성은 줄곧 내 안에 남아 네가 위험하다고 느낄 때마다 불쑥불쑥 고개를 쳐들었어.

베르나르팔리시 학교에서 네 친구라고는 오직 레나라는 여자애 하나뿐이었어. 레나의 본명은 엘렌이지만 우린 그애를 한 번도 엘렌이라고 부른 적이 없었지. 레나는 그 이름을 싫어했고 영원히 싫어할 거야. 우리에게 레나는 늘 레나야, 지금까지도.

레나는 외젠플라샤 광장의 아이들처럼 널 미친놈 취급하는 법이 절대 없었어. 너와 레나는 사이가 좋았지. 레나는 내 친구이기도 했어. 레나의 엄마는 우리 엄마의 친구가, 레나의 아빠는 우리 아빠의 친구가 되었고. 레나에게는 세실이라는 아주 어린 여동생이 있었어. 곱슬머리인 샛노란 금발의 세실은 유모차에서 뾰로통해지기 일쑤였는데 오직 너만이 그애를 웃게 할 수 있었어. 세실과 난 세상에 둘도 없는 단짝 친구가 돼. 물론 그렇게 되는 건 몇 년이 지난 후의 일이지만. 레나네 가족과 있으면 네가 여느 아이들과 다르다는 사실을 잊게 돼. 우리 중에 그렇게 생각하는 사람이 아무도 없어서였을 거야. 레나의 가족과 있으면 마치 우리집에 있는 기분이었지.

우리는 하굣길에 레나와 함께 알프레드롤 가의 기둥들 뒤에서 숨바꼭질을 하곤 했어. 세실은 너무 어려서 파란색과 흰색 줄무늬 유모차에 앉아 그저 우리를 바라보기만 했지. 수요일 오후에는 바그람 로의 아파트 부엌에서 우리는 그야말로 걸귀들처럼 간식을 먹어치웠어. 넌 네스퀵 코코아에 각설탕을 여섯 개나 넣었고 레나는 그런 너를 보며 무척이나 신기해했지. 난 내 컵에 둥둥 떠 있는 크루아상이나 과자 조각을 못 견뎌했고 레나는 그런 나 역시 무척이나 신기해했어. 우린 함께 배를 잡고 깔깔거렸어. 생일잔치도 같이 했지.

우리는 늘 꼭 붙어 지냈어.

집에서 숙제를 끝내면 학교 놀이를 했어. 네 방 책상 밑이 우리의 교실이었지. 난 여전히 머리 위에 무언가가 있는 걸 좋아했거든. 고양이처럼. 선생님은 늘 너였고, 곰 인형들과 내가 학생이었어. 우리에겐 진짜 칠판과 색색의 진짜 분필이 있었어. 넌 충천연색이 된 손등으로 칠판을 쓱쓱 지웠지. 네 옷들 또한 충천연색이었어. 초록색 뜨개옷을 입은 노란 곰은 형편없는 학생이라 너한테 툭하면 야단을 맞았어. 네가 엄마한테 야단맞듯. 난 괜찮은 학생이었던 것 같아. 너한테 벌받은 적이 없었으니까. 너의 편애를 받는 듯한 그 기분, 정말 신났지. 하긴 네가 나한테 심술을 부렸다면 한 성깔 하는 내가 못 참고 엄마에게 고자질했을 테고 넌 바로 꾸중을 들었을 거야. 세상의 여동생들이란 죄다 그 모양 아닐까? 넌 유달리 착한 오빠였어. 내 잘못을 고자질한 적이 단 한 번도 없었지.

집에선 평화야. 모든 게 순조롭지. 우린 함께 놀 때가 많았어. 일요일 아침이면 아빠가 어서 잠에서 깨어나 부엌 식탁에 전기 기차를 설치해주기를 이제나저제나 기다렸어. 아빠가 깨나기 전에 소리를 내는 건 금물이었지. 아빠는 더러 녹음기를 연결해 우리 목소리를 녹음해주기도 하셨어. 난 아나운서 흉내를 내는가 하면 미친듯이 괴상한 소리를 내기도 하고 냄비 부서지는 듯한 소리로 노래를 부르기도 했지. 넌 천천히 차분하게 말했고 단어들을 고르려 애썼어. 매우 가냘프고 새된 목소리로. 너한텐 말소리를 낸다는 것 자체가 자연스러운 게 아니었지. 입을 열면 넌 가여운 애가 되었어.

넌 우리집에 있던 아주 자그마한 피아노로 음들을 띵똥거렸어. 연주 솜씨가 꽤 괜찮았지. 한 손가락 연주인데도. 파리에서, 우리는 자전거로 자동차들을 앞지른다네. 자전거로, 파리에서 택시들을 앞지른다네…… 넌 리듬감이 좋았고, 언제나 음악을 좋아했어.

하지만 아빠가 피아노의 기초를 제대로 가르치려 들자 넌 움츠러들었지. 마치 그 이상 발전하지 못하리라는 걸, 한 손가락으로 띵똥대는 그 단순한 멜로디에서 더 나아가지 못하리라는 걸 알기라도 하듯.

비누 이모와 가비 이모부가 우리집에 점심식사를 하러 와서 당신들의 실내화를 내놓고 신더니, 일요일에 올 때마다 신는다고 그냥 두고 가셨어. 우리는 이모와 이모부가 쿠르브부아 제과점에서 사온 왕관 빵을 우물거리는 것으로 식사를 시작했어. 쿠르브부아의 왕관 빵이 우리집 아래쪽에 있는 르포 부인의 제과점 것보다 더 맛있거든. 비누 이모는 엄마의 사촌동생이야. 비누 이모와 가비 이모부는 오래전부터 아프리카에서 살고 있는데 네 세례식을 위해 특별히 귀국한 거였어. 이모가 너의 대모였거든. 그날 처음으로 너를 본 이모가 두 팔을 활짝 벌리자 네가 그대로 달려가 안겼대. 이모한테 직접 전해 들은 얘기야. 그뒤로 너와 이모는 딱 붙어 떨어지지 않았지.

가브리엘과 가브리엘르. 가비와 가비누. 가비와 비누.

너와 이모부는 스파게티를 게걸스럽게 해치웠어. 이모부는 엄마가 일요일마다 파스타를 하기를 바라셨지. 너도 마찬가지였고. 너와 이모부에 따르면 엄마의 파스타는 세계 최고였어.

거의 격주 간격으로 주말에 이모와 이모부가 우리집에 오지 않으면 우리 식구 넷이서 쿠르브부아에 있는 이모네 집으로 갔어. 겨울에만. 여름엔 샹티이로 소풍을 갔으니까. 우리는 마룻바닥에서 요란하게 미끄럼을 타다가 벽장에 부딪히기 일쑤였어. 실내화는 필수였어. 그게 제일 잘 미끄러졌거든. 이모네 집엔 잠옷과 곰 인형만 가져갔어. 그 밖엔 아무것도 필요 없었지. 이모와 이모부는 우리를 일요일까지 이틀 연속으로 놀게 해주셨어. 우리는 미친듯이 날뛰며 까르르거렸지. 축제 같았다고나 할까.

여름에는 샹티이에 갔어. 우리는 늘 이모부의 차에 타고 싶어 했지. 이모부의 차는 처음엔 흰색 4L이었다가 나중엔 회색 R16으로 바뀌었어. 이모부는 톨게이트를 '돈게이트'라고 불렀고, 우리는 그게 재밌어서 낄낄거렸지. 이모부는 기계에 던지는 돈이 죄다 지스카르 대통령의 호주머니로 직행한다고 툴툴거렸고, 우리는 이모부의 말을 철석같이 믿었어.

그뒤 이모네가 부르고뉴의 푸크 지역에 땅을 사는 바람에 소풍과 쿠르브부아에서의 주말도 덩달아 끝이 났어. 어린 시절 또한 끝이 났고. 대신 우리가 아빠 엄마와 함께 간간이 부르고뉴로 놀러갔어. 내가 프랑스어 바칼로레아*를 보기 몇 주 전이었을 거야. 그야말로 제멋대로 자라난 들풀 밭에서 네잎클로버를 발견했지. 나는 구술시험에서 아주 좋은 성적을 받았고 필기시험에서는 더욱 좋은 점수를 받았어.

그렇다고 행운의 시기는 아니었어. 다른 네잎클로버들이 더 필요했었나봐.

넌 어른처럼 혼자서 이모와 이모부를 따라 푸크에 가는 일이 빈번해졌어. 나도 없이. 그때의 추억들은 온전히 너만의 것이고, 난 그 점이 좀 서운해.

집에선 평화야. 기분을 망치는 건 늘 밖에서였지.

* 대학 입학 자격시험.

생리지에의 할머니 댁에서도 참 좋았어. 그곳에서 우리는 한 방을 썼고 네 침대는 또다시 내 침대와 대각선으로 비스듬히 놓였지. 오직 그 한 가지 이유 때문에 난 신바람이 나서 방학을 고대했어. 네가 윗방으로 옮겨가면서 우리는 한층 성장했고 난 어둠을 덜 무서워하게 됐지. 파리에서보다 덜 슬펐고. 하지만 지금까지도 난 우리가 한방에서 잠자던 시절이 못내 그리워.

"필리프?"

"왜?"

"자?"

"응."

생리지에. 지구본에서 찾으면 아주아주 작은 점에 불과한 프랑스의 남서 지방. 아빠는 피레네산맥이며 아리에주 주며 아빠가 태어난 아주 작은 마을을 가리켜 보이셨어. 아빠가 산허리에 얼굴을 묻고 얘기하면, 우리는 생리지에에 마음을 묻었지.

아빠 말씀으로는, 아주 옛날에는 그곳에 로마인들이 살았대. 〈아스테릭스와 오벨릭스〉에서처럼 말이야.

생리지에에서는 물리에리 농장으로 우유를 사러 가곤 했어. 파리에선 생각도 못할 일이었지. 늘 엄마가 알아서 펠릭스 포탱 아저씨 가게에서 우유를 사오셨으니까. 할머니는 매일 아침 우리를 물리에리의 시프리앵 씨 농장에 보냈어. 우리는 단둘이 오솔길을 걸으며 작은 푸트롤 숲을 지나고 묘지를 지나쳤어. 난 묘지가 무서웠던 적이 한 번도 없었어. 묘지 앞을 지날 땐 늘 네가 내 옆에 있었거든. 흰색 양철 우유통은 네가 들었는데, 집에 도착할 때면 이미 절반쯤은 네가 마셔버려서 절반만 남았지. 할머니는 불같이 화를 내셨어. 물리에리 농장의 우유는 적어도 두 번 정도는 끓여서 마셔야 하는데, 끓이지도 않고 대뜸 마셨으니 꺼림칙하셨던 거지. 생각해봐, 물리에리에서 시프리앵 아저씨는 식탁도 걸레로 훔쳤잖아. 물론 넌 개의치 않았겠지만. 나야 우유를 좋아하지 않으니 상관없었고.

우리는 더러 세송에 있는 아빠의 사촌인 레몽 당숙네로 가서 주말을 보냈어. 당숙모의 이름은 미미였고 당숙네는 자식이 사 남매였어. 티티, 다니, 코코, 자키. 대가족은 언제 봐도 멋지고 신기해. 활기 넘치고 협동적이거든. 당숙네 식구를 보며 나도 이담에 커서 자식을 넷은 낳으리라고 다짐했었는데.

미미 당숙모는 요리 솜씨가 뛰어났는데 자키가 자기네 엄마의 요리법을 전수받아 현재 요리사가 되었어. 난 코코가 콘택트렌즈를 끼우는 모습을 넋이 나가서 구경하곤 했지. 코코도 요리를 꽤 잘해. 훌륭한 '요니사'지. 난 요리사 발음이 힘들어. 변리사도 '변니사'라고 하는걸. 거봐, 나 또한 발음에 어려움을 겪는다고.

당숙네 헛간엔 탁구대를 갖춘 널찍한 오락실이 있었어. 어른 넷이 온종일 우리와 함께 놀아주었지. 절대로 지겨워하는 법 없이 말이야. 다들 한결같이 널 사랑해주었어. 아침이면 털이 길고 커다란 프랑스산 목동개 부불이 침실로 찾아와 네 실내가운의 허리띠를 끌어당겨 부엌으로 이끌었고, 그럴 때면 넌 숨이 넘어가도록 까르르거렸어. 일요일 저녁 무렵에 우린 못내 아쉬워하며 당숙네를 떠났지.

주말엔 아빠가 날 데리고 회사에 가는 일도 심심찮게 있었어.

그때 카르디네 가의 멋진 건물 복도를 어슬렁거렸지. 그 건물엔 초록색 꽃무늬의 붉은 카펫이 깔린 웅장한 목제 계단이 있었어. 가장 마음에 들었던 장소는 사무용품 보관실이었어. 백지, 연필, 볼펜, 그리고 풀들…… 아빠 사무실엔 붓이 하나뿐이었어. 학교엔 플라스틱 손잡이가 달린 갖가지 색깔의 붓이 있었는데 말이야. 풀에선 아몬드 냄새가 났어. 내가 양팔에 보물들을 한아름 안고서 보관실을 나서면 아빠가 회사를 나올 때 그것들을 죄다 제자리에 갖다놓으셨어. 우리는 나란히 걸어서 집으로 돌아왔지. 아빠와 단둘이만 있는 게 어찌나 좋았던지. 아빠는 파이프 담배를 피웠어. 아빠의 '암스테르다머' 잎담배 향은 영원히 내 콧구멍 주위를 맴돌 거야.

내가 열세 살 무렵이었어. 나도 이제 어엿한 청소년이었지. 생리지에에서 방학을 보내던 어느 날 밤은 여느 밤과는 전혀 달랐어. 난 한껏 들떠 있었어. 다음날 집에서 내가 처음으로 여는 댄스파티*가 예정되어 있었거든. 무얼 입을까?

아빠는 하필 행복감에 취한 그 순간을 골라 내게 너와 나, 우리한테 우리보다 더 나이 많은 형제가 하나 있는데 내일 집에 올 거라고 알렸어. 탕! 탕! 내가 꿈꾸던, 오빠 너와 함께하는 세계가

* 주로 생일이나 학기말을 맞아 집에서 벌이는 파티로, 프랑스 청소년들이 저마다 설레는 마음으로 맞이하는 일종의 통과의례 같은 행사다. 소피 마르소 주연의 영화 〈라 붐〉에서 그 분위기를 엿볼 수 있다.

이미 연기처럼 흩어진 마당이었으니, 난 사실 형제에 관한 한 더는 좌절하고 말고 할 것도 없었어. 그랬는데도 그나마 벽을 지탱하던 마지막 돌들이 와르르 무너져내리는 건 어쩔 수 없었어. 내가 알기로 아빠와 엄마는 아주 어릴 때부터 사귄 사이였거든. 그렇게 들었으니까. 생리지에의 돌담들 틈에 아빠와 엄마가 주고받은 사랑의 밀어들이 스며 있다는 말을 누누이 들어왔으니까. 아마 아빠 엄마가 그 중간의 공백에 대해 말해주는 걸 잊었나봐.

병이 있는 오빠와 얼굴도 모르는 오빠, 그리고 내가 알던 사람이 아닌 아빠까지.

난 다음날 춤추고 싶은지 아닌지도 더는 모를 기분이었어. 옷도 그냥 평소처럼 입고, 내 역할만 다하리라 생각했지.

한편으론 나쁠 것도 없을 것 같았어. 너의 꺾인 날개를 나와 함께 짊어질 다른 오빠가 있다는 것이. 희망이 다시 솟았어.

"저기 미친놈 온다, 미친놈이 와." 너희들 조심해. 이제 미친놈의 수호자가 둘이 됐으니까.

사실 오빠 너의 꺾인 날개를 혼자서 짊어지는 게 여간 버겁지 않았거든. 거추장스럽고 성가시고, 때로는 지긋지긋했어. 젠장, 하필 왜 나냐고? 난 널 평생 달고 다니지 않을 거야. 나도 좀 있으면 열다섯 살이고 앞으로 할 일도 무진장 많거든. 연애도 하고 싶고, 파트리크 푸아브르 다르보르처럼 여덟시 뉴스를 진행하는 앵커도 되고 싶단 말이야. 정말 간절하다고. 아니면 TV 드라마 〈착한 경찰〉의 주인공인 아니 지라르도처럼 여자 수사반장이 되든가. 나도 아니 지라르도처럼 머리를 헤어롤로 말고 세련된 정장 안에 권총을 차고 싶어. 멀쩡한 남자들한테 '반장님' 소리를 들어보고 싶다고. 남자들이 브라운관 앞에서 날 보며 아름답고 매력적이고 똑똑하다고 생각했으면 좋겠어. 나는 안중에도 없는 너, 내가 자라는 걸 보지 못하는 너와는 달리 말이야. 대체 내가 다른 사람들에게 무슨 말을 할 수 있을까? 비정상적인 바보 오빠가 있다고? 댄스파티나 극장에 날 데려갈 수도 없고, 나한테 소개해줄 친구도 없고, 대학엔 가지도 못할 테고, 생리지에의 모든 남자아이들처럼 럭비를 할 수도 없고, 여느 오빠들이 여동생에게 그러하듯 나한테 세상을 발견하게 해줄 수도 없는 반쪽짜리 오빠가 있다고?

난 입을 봉해버렸어. 아무런 할 말이 없었으니까. 그냥 그뿐이야. 부엌에서 엄마가 하신 말씀을 생각했어. 모든 걸 들었고 가슴 깊이 새겼지. 난 아주 착하게 굴어야 했고, 실제로도 아주 착하게 굴었어.

난 입을 봉해버렸어. 아직은 아니었거든. 너라는 방패를 흔들 때가 아직은 아니었다고. 그러다 사랑이 찾아들었지. 거기, 날 흘금거리는 잘생긴 녀석, 너 말이야, 조심해. 난 혼자가 아니거든. 난 장애인 오빠가 있어. 오빠 없는 나는 상상조차 할 수 없다고. 넌 다시 나의 보호자가 되었어. 너 때문에 날 원하는 모든 귀여운 사내애들이 줄줄이 줄행랑을 친 시절이 있었지. 난 오빠인 너를 방패 삼아 성벽을 쌓았어. 널 위한 건지 날 위한 건지도 모르는 채. 어쨌거나 효과는 그만이었지.

우리의 또다른 형제는 우리 사이에 끼어들기에는 너무 늦게 나타났어. 우리 사이에 한 자리를 만들기엔 너무 늦었지. 어린 시절의 추억은 지어낼 수 없는 거거든. 비록 형제간의 우애에 나이가 따로 있는 건 아니지만. 생리지에에서 상봉한 뒤, 그 오빠는 툴루즈의 자기 집으로 돌아갔고 우리는 파리의 우리집으로 돌아왔어. 800킬로미터의 거리와 서로의 존재를 알게 된 수년의 세월, 그리고 크리스마스에 뜨문뜨문 이루어지던 짧은 재회. 그뿐이었어. 난 너의 꺾인 날개를 여전히 혼자 짊어졌고 영원히 혼자 짊어질 거야.

간혹 널 무시하고 잊기도 했어. 네 상황 때문에 느껴지는 수치를 감추기도 했지. 나도 그리 자랑스럽진 않아. 네 상황을 수치스러워하고 그 수치심 속에서 숨막혀하는 것이. 그래서 다른 데서 오빠를 찾았어. 진짜 오빠를. 나의 두 오빠는 내가 상상했던 오빠들이 아니었거든. 마티외, 스테판, 아르노, 알렉상드르, 마뉘. 그들이 오빠였으면 했지. 그들이 오빠이기를 멈추고 동화 속의 매력적인 왕자님으로 변하면, 내가 공주이자 여자이고 애인이자 아내이며 엄마이기를 바라면, 난 그 즉시 방패를 휘둘렀어. 너라는 방패를. 매력적인 왕자님 따위는 소용없어. 난 '오빠'를 원한다고. 단지 오빠를. 잘생기고 똑똑하고 재미있고 든든한 오빠, 세상 모든 여동생들이 부러워할 만한 오빠를.

너는 천신만고 끝에 태어났다고 엄마가 말씀하셨어. 정상적으로 분만할 수가 없었대. 산통이 48시간 동안 계속되었지만 자궁문이 열리지를 않았던 거야. 1960년대 초반만 해도 아무 이상이 없는지 확인하기 위해 초음파검사를 한다거나 모니터링을 하지 않았거든. 부아시외 의사 선생은 자연분만을 고집하며 버텼지만 상황이 녹록지 않았어. 넌 출구를 찾지 못하고 엄마 뱃속에서 이리 채고 저리 채었지. 결국 제왕절개를 했지만 너무 늦었어. 넌 이미 손상을 입었던 거야. 당장은 눈에 띄지 않았어. 아직은. 넌 울어댔고, 아프가 테스트*도 이상 없이 마쳤어. 아빠와 엄마는 아들을 얻은 것에 마냥 행복해하셨지.

엄마 말씀이 네가 말을 안 하더래. 그럴 나이가 됐는데도. 걷고, 웃고, 잘 놀고, 자전거도 탔대. 넌 무척 귀여웠고, 더할 수 없이 온순했고, 샛노란 금발이었고, 옅은 갈색 눈동자는 너무나 아름다웠대. 그런데 말을 하지 않았던 거야. 벙어리가 아닐까? 할머니가 아니라고, 정상이라고 말씀하셨대. 할아버지도 다섯 살에 말을 뗐다고 하시면서. 넌 할아버지랑 같은 경우니까 별일 아니었던 거지. 60년대 초반은 오늘날처럼 소아과를 자주 들락거리던 시절이 아니야. 60년대는 중세와 진배없다고 할까. 넌 말은 못했지만 〈옐로 서브마린〉을 흥얼거렸어. 초록색 잠수함.** 왜 옐로를 초록색이라고 했을까? 엄마는 그때의 네 모습을 생각하면 아직까지도 미소를 지으셔. 그때만 해도 너의 상태에 대해 아무도 심각하게 고민하지 않았어. 넌 아직 학교에도 가지 않았으니까. 60년대 초반에는 일찍부터 학교에 보내지 않았거든.

난 오빠 네가 태어나고 오 년 후에 태어났어. 엄마와 함께 산

---

* 출산 직후에 신생아의 심박수, 호흡, 근육긴장도, 피부색, 자극에 대한 반사 등을 측정해 태아의 건강 상태를 측정하는 시험. 분만 뒤 1분 후와 5분 후, 2회에 걸쳐 실시한다.

** 당시 비틀스의 〈옐로 서브마린〉은 영화에도 삽입되고 여러 버전으로 재녹음되었는데, 프랑스에서는 이상하게도 '초록색 잠수함'이란 제목으로 번역되어 알려졌다.

부인과에 갔던 아빠가 부아시외 의사 선생에게 네가 말을 하지 않는다고 알렸어. 이번에는 부아시외 선생이 엄마를 곧장 수술실로 보내 서둘러 제왕절개를 했어. 휴, 난 제때에 태어날 수 있었지. 엄마 뱃속에서 출구를 찾아 절망적으로 이리 채고 저리 채지 않아도 되었던 거야. 내 코는 할머니를 빼닮았고 초록색 강낭콩 줄기 같은 손가락들은 가느다랬어. 아빠와 엄마는 딸을 얻은 것에 마냥 행복해하셨지.

부아시외 선생이 그 행복에 제동을 걸었어. 네가 말을 하지 않는 게 아무래도 정상이 아니라는 거였지. 출산 때 문제가 있었던 것 같다면서. 제왕절개가 너무 늦어 네가 고통을 겪었고 이상이 발생한 거야. 널 청소년정신과 의사에게 데려가야 했지. 다귀르 선생에게.

구강 안면 신경 장애가 발성, 즉 언어 학습과 소통을 방해하는 거였어. 소뇌의 손상이 돌이킬 수 없을 만큼 치명적이었던 거지. 정신운동 지체. 발달 장애. 기관총처럼 난사된 의사의 말이 채찍처럼 아빠와 엄마를 후려쳤어. 그것도 심장 한가운데를. 차라리 그냥 벙어리였더라면. 그게 아니었어, 문제가 훨씬 심각했어. 넌 말하는 법을 배워야 했어. 흥얼거리는 것으론 부족했지. 그간 누적된 지체를 속히 따라잡는 훈련이 필요했어. 다귀르 선생은 직설적이고 웃음기라곤 찾아볼 수 없는 사람이었지. 너한테조차 웃지 않았으니까. 이후 무수히 진료를 받으러 갔어도 네게 단 한 번도 미소를 보이지 않았어. 그는 돌토*가 아니라 다귀르였으니까.

엄마는 정신과 의사들을 절대 믿지 못했어.

"엄마, 부아시외 선생님이 원망스러워요?"

"음…… 그렇진 않아…… 그이는 젊었고 자연분만을 지향했어. 그저 우리가 운이 없었던 거지…… 게다가 우리 일이 그이에게도 적잖은 영향을 미친 것 같아. 그후 그이가 걸은 행보가 우연만은 아닌 것 같거든……"

부아시외 선생은 교수가 됐어. 산부인과 교수. 듣자하니 출생전 진단과 임신중 발생할 수 있는 질병에 대해 설명할 때면 질문을 많이 받는다고 해.

그는 널 기억할까?

넌 누적된 지체를 결코 따라잡지 못했어. 그저 할 수 있는 걸 했을 뿐이야.

난 부아시외 교수를 절대 믿지 못했지.

---

* 프랑수아즈 돌토(1908~1988). 현대 아동심리학의 이론 체계 구축과 대중화에 큰 공헌을 한 프랑스의 저명한 소아과 의사이자 아동심리학자.

우리집엔 사진첩이 여러 권 있어. 각자의 사진첩이 있지. 네 사진첩엔 네가 흔들 목마에 얹어져 있는 사진이 하나 있어. 두세 살쯤 되었을 땐가. 사진 속의 네 코가 어찌나 빨간지 한바탕 울고 났다는 게 한눈에 보이지. 정말 엄청나게 불행해 보이는 표정이야. 네가 무서워하며 목마에 올라타지 않으려 기를 썼다고 엄마가 설명해주셨어. 비누 이모의 선물이라 목마 탄 사진을 기어이 찍어 보내려다 그 사달이 났다고. 하지만 엄마의 시도는 성공했어. 나중에는 네가 목마에서 내려오지 않으려 했거든. 그 흔들 목마는 지금도 지하 창고에 있어. 난 그 사진이 도무지 좋아지질 않아.

내가 좋아하는 사진은 네가 날 꼭 껴안고 있는 사진이야. 네가 하도 꼭 껴안는 바람에 내 볼이 네 볼에 완전히 짓눌린 사진. 난 바가지 머리에 직접 만든 총천연색 구슬 목걸이를 두르고 있고 넌 할머니가 떠주신 꽈배기 무늬 스웨터를 입고 있지. 사진 속 우리는 서로를 끔찍이 사랑하는 것처럼 보여. 우린 서로를 끔찍이 사랑하지.

아빠는 일요일 저녁이면 내게 수학과 라틴어 공부를 시키셨어. 난 라틴어가 싫었어. 수학도 싫었지. 해도 안 됐으니까. 아빠는 번번이 불같이 화를 내셨고 난 끝내 눈물을 떨어뜨리곤 했지. 네가 거실 책상에서 공부할 때 엄마와 그랬던 것처럼.

난 여름방학이 좋았어. 여름방학은 영원히 싫을 것 같지 않아. 우리는 오스테를리츠 역에서 밤기차를 타고 생리지에로 떠났지. 아직 테제베가 없던 시절이었어. 이른 새벽 툴루즈에 도착해서 열차를 갈아타고 부상스까지 간 다음, 거기서 생리지에로 가는 버스를 탔지. 엄마는 녹초가 되셨지만 우린 아니었어.

생리지에에 가면 장을 만날 수 있었어.

우리의 이종사촌 장은 친척들 사이에서 코미디언으로 통하지. 아닌 게 아니라 장의 친할아버지가 코미디언이었어. 전설적인 진정한 코미디언. 장이 할아버지를 닮았다고들 했지. 장은 나보단 한 살 많고 오빠 너보단 네 살 어린데, 자기 아빠 얼굴을 사진으로밖에 몰라. 장이 태어나기 전에 비행기 사고로 돌아가셨거든. 장은 아빠의 사진이며 물건들을 잔뜩 간직하고 있어. 장의 아빠는 군의관이었고, 장은 섬에서 태어났어. 오늘날엔 바누아투공화국이라고 부르는 뉴헤브리디스제도에서. 장 또한 날개가 꺾인 영웅을 한 팔에 짊어진 거야.

장은 너 혼자선 감히 엄두도 못 냈을 수많은 것들을 하게 해줬어. 네 속을 훤히 꿰뚫었으니까.

내가 태어났을 때 엄마가 산후조리를 하는 동안 널 돌봐주기 위해 루이제트 이모가 장을 데리고 파리로 올라왔어. 루이제트 이모는 엄마의 동생이야. 장은 너와 함께 걸음마를 깨쳤어. 그때부터도 보통 말썽꾸러기가 아니었지.

생트막심에서 장은 너한테 잠수하는 법을 가르쳤어. 넌 입을 꼭 다무는 데 어려움이 있어서 물을 많이 들이켰지. 구강 안면 장애였으니까. 하지만 상관없었어. 장은 너와 함께 한참을 낄낄거리다 너를 다시 잠수시켰어. 장이 수면을 양 손바닥으로 탁탁 내리쳐서 물 폭탄을 터뜨릴 때마다 네가 어찌나 신나했는지. 물이 사방으로 튀어올랐거든. 하지만 까르르거리다 잠수하는 통에 더 많은 물을 들이켜야 했지.

어릴 때 바닷가에서 네가 파도에 '휘말린' 적이 있었어. 아마 스페인의 베니카심에서였을 거야. 그뒤로 수년 동안 넌 물가에서 발가락도 적시지 않으려 했어. 장과 함께 놀기 전까지는. 장에게 잠수를 배우고 물 폭탄을 맞으며 폭소를 터뜨리기 전까지는.

넌 천성이 매우 밝은 아이였어.

우리는 여름 내내 생리지에에 머물지는 않았어. 7월 한 달은 늘 바닷가로 떠났지. 루이제트 이모와 장과 엄마와 함께. 루이제트 이모가 하늘색 4L을 운전했고, 뒷좌석에 앉은 우리는 안전벨트를 매지 않았어. 안전벨트를 매는 게 아직 의무화되지 않은 때였지. 킬랑 고개 비탈에서 커브를 돌 때 우리는 얼간이들처럼 법석을 떨었어. 엄마와 이모가 간간이 우리를 혼냈고 그 때문에 기분이 가라앉기도 했지만 대체로 명랑한 분위기였지.

아빠는 일이 많았던 탓에 나중에야 우리와 합류하셨어.

우리 셋은 앙다이 지방의 무에트 스포츠센터에서 수영을 배웠어. 지독하게 추웠지. 매서운 바람에 모래가 날려 무릎이 따끔거렸고, 수영장 물은 내내 얼음장같이 차가웠어. 장과 나는 입술이 새파랗게 질려서는 이를 딱딱 부딪치며 달달 떨었어. 추위를 이겨보겠다고 두 주먹을 턱밑으로 가져가 힘을 꽉 주었지. 하지만 넌 달랐어. 크리스티앙 수영 코치가 물속에 머리를 담그고 한참을 헤엄치게 해도 너는 묵묵히 따랐지. 넌 항상 씩씩하니까.

아빠와 엄마와 이모가 대서양의 찌푸린 날씨에 싫증을 낼 때면 우리는 스페인으로 여행지를 바꿨어.

어느 여름엔가 아빠는 우리가 모래성을 지을 수 있도록 철로 만든 진짜 흙손을 사주셨어. 각자 하나씩. 네 흙손 손잡이는 파란색, 내 것은 빨간색, 장의 것은 초록색이었지. 하지만 채 하루도 못 돼 아빠는 우리의 흙손을 압수해야 했어. 장과 내가 흙손을 가지고 싸웠거든. 넌 아니야, 넌 얌전했어. 모래 위를 네발로 기어다니며 흙손으로 모래 반죽을 만들었지. 넌 흙손이 무기가 될 수 있다는 생각조차 하지 못했어. 장이나 나 같은 말썽꾸러기가 아니었지. 아빠가 네 흙손도 압수하셨던가? 그러지 않았길 바라. 스페인의 로사스에서는 어느 날 저녁, 장이 냅다 달리더니 쇠사슬을 펄쩍 뛰어넘었어. 차량 통행을 차단하기 위해 길을 막아놓는 쇠사슬 바리케이드를 말이야. 장을 따라하고 싶었던 넌 쇠사슬을 뛰어넘다 발이 걸렸고 당연히 넘어졌지. 운동신경 장애. 균형 감각 결여. 넌 무릎이 까졌고 루이제트 이모는 장을 호되게 닦아세웠어. 엄마가 네 무릎에 머큐로크롬을 발라주셨지. 네가 수영을 하고 나올 때마다 무릎에서 빨간 물이 방울방울 흘러내렸어.

바닷가에서 찍은 사진 속의 너는 대부분 무릎에 빨간 칠이 얼룩져 있지 않으면 넓적한 붕대를 싸매고 있지.

로사스에서의 또다른 날 저녁, 우리는 숙소 앞에서 페탕크* 놀이를 했어. 그런데 네가 어느 자동차 지붕으로 쇠공을 날려버렸지. 장과 나는 숨이 넘어가게 낄낄거렸고 차 주인은 불같이 화를 냈어. 아버지가 저자세로 사과했지. 그러고 보니 아버지는 자주 저자세를 보였어.

우리는 바닷가에서 생리지에로 돌아왔고, 장이 생리지에의 네 방에서 너와 오랜 시간을 보냈어. 너와 장은 음반을 들었어. 장이 욕설을 내뱉으면 네가 까르르거리는 소리가 거실까지 들렸지. 넌 욕설을 좋아했어. 들을 때마다 재미있어했고 장은 그 사실을 잘 알았지. 장은 욕설을 사투리부터 표준말까지 두루두루 섭렵하고 있었어.

비가 오면 우리는 모노폴리 게임을 했어. 넌 게임이라면 사족을 못 쓰잖아. 어떤 게임이든. 장과 나는 속임수를 썼어. 네 은행에서 5만 프랑을 슬쩍해서 엄청난 부자가 된 후 오페라 지역의

---

* 쇠공을 교대로 굴려 표적인 나무 공을 맞히는 프랑스의 민속놀이.

라 페 가에 호텔을 무더기로 갖다놓고서 네 주사위가 그곳에 걸릴 때마다 빈털터리를 만들어버린 거야. 넌 언제나 가타부타 말이 없었어. 아무래도 상관없어하며 무조건 재밌어했지. 돈을 벌면 더 신나하긴 했지만 돈을 벌건 잃건 별반 신경쓰지 않았어. 네게 중요한 건 게임을 한다는 것 자체였으니까. 장과 나는 널 재밌게 해주려고 일부러 속임수를 쓴 거야. 주사위가 라 페 가에 걸릴 때마다 방안 전체에 울려퍼지는 너의 "이런 젠장, 이런 젠장" 소리를 듣기 위해서 말이야. 저녁에 아빠가 가세해서 블로트* 게임을 할 때면 장과 나는 일부러 더더욱 속임수를 썼어. 늘 너와 아빠가, 나와 장이 한편이었지. 우리는 이미 나왔던 에이스 카드를 들통이 날 때까지 다시 빼들었지만 그래도 적정선을 유지하려고 애썼어. 즉 계속 속임수를 쓴 것이 아니라 좀 간격을 두었다 다시 시작하는 식이었지. 하지만 우리의 속임수는 통하는 법이 없었어. 100점을 얻고 백전백패였으니까. 승리에도 차례가 있나봐. 어쨌든 승패는 전혀 중요하지 않았어. 우린 너무나 재밌었거든. 장도 널 사랑했어. 지금도 변함이 없고.

넌 생리지에를 떠나는 걸 슬퍼했지. 나도 마찬가지였고.

---

* 네 명이 두 사람씩 한 팀이 되는 카드놀이.

넌 중학교 3학년까지 정상적인 교육을 받았어. 비록 개인 교습이었지만. 넌 모두의 예상을 뒤엎고 철자와 문법에 아주 뛰어났지. 리바예 선생님, 감사합니다! 또한 암산에도 뛰어났어. 덧셈, 뺄셈, 곱셈, 나눗셈, 어떤 것도 겁내지 않았지. 모두들 감탄을 금치 못했어. 넌 어쩌면 영재였을지도 몰라. 아니란 법 없잖아? 어쨌거나 나보단 훨씬 명석했을 거야. 네가 새로 간 학교에서 어떻게 지냈는지는 나도 정확히 몰라. 우리는 더이상 같이 등교하지 않았으니까. 하지만 새 학교에 좋은 친구, 널 돌봐줄 '정상'인 친구가 있었던 것 같아. 그러다 나중엔 너의 거취가 좀 복잡해졌어. 넌 회계원 수료증을 취득하기 위해 직업전문고등학교에 가게 됐지.

눈 내리는 2월 방학. 우리가 갔던 스키장 이름이 가물가물해. 아마 아르크였을 거야. 엄마, 너, 나, 이렇게 셋이서 떠났지. 아빠는 일 때문에 혼자 파리에 남으셨고. 넌 스키와 산을 무척 좋아했어. 눈이라면 사족을 못 썼지. 기차와 기차역에 열광하는 것보다 훨씬 더 열광했으니까. 난 늘 추워했고 가파른 비탈도 두렵기만 했어. 난 자주 넘어졌지. 스키 리프트를 탈 때는 특히 더했어. 정말 싫어. 너도 자주 넘어졌지만 아랑곳없이 늘 의욕에 차서 발딱발딱 일어나곤 했지. 넌 아주 끈질긴 데가 있다니까. 무에트 스포츠센터에서의 수영 강습 때도 그랬어.

어느 밤엔가 난 기이한 소리에 잠에서 깨어났어. 오싹했지. 네가 구시렁거리는 소리였어. 엄마가 네 침대 머리맡에 앉아 진정제를 먹이려 했지만 여간 어렵지 않았어. 네가 고개를 뒤로 젖히고 눈이 뒤집힌 채 몸이 뻣뻣하게 굳었거든. 발작이 일어난 거였어. 나로선 처음 보는 네 모습이었지. 그땐 저러다 죽을 수도 있겠다는 생각이 들었어. 정말로. 이윽고 네가 진정을 했고 모든 게 다시 정상으로 돌아왔어. 그뒤로는 네가 그런 상태가 된 걸 본 적이 없어. 파리로 돌아와 신경 이완 치료를 다시 시작했으니까. 하지만 그날 밤을 떠올릴 때마다 그때와 똑같은 공포감이 나를 옥죄어와.

엄마는 입버릇처럼 내게 말씀하셨어. 난 너보다 엄마가 덜 필요하다고. "넌 정상이잖니." "넌 정상이잖니." "넌 정상이잖니." 정상인 건 아무짝에도 소용없는 거야. 엄마를 내게서 멀어지게 했으니까.

아빠는 입버릇처럼 내게 말씀하셨어. 인생에서 무언가를 이루고 싶다면 더욱 열심히 공부해야 한다고. "넌 정상이니까." "넌 정상이니까." "넌 정상이니까." 정상인 건 아무짝에도 소용없는 거야. 그에 걸맞게 열심히 공부하지 않아서 아빠를 실망시켰으니까.

어느 날 저녁, 시상식이 있었어. 네가 다니는 직업전문고등학교에서 네가 너희 반 최고의 친구로 뽑혀 메달을 받게 됐거든. 학교 운동장에서 당시 최고의 인기 아나운서이자 사회자였던 레옹 지트론이 너의 목에 메달을 걸어줬지. 커다란 연단에는 강연대와 마이크가 설치됐어. 어찌나 가슴 뭉클하던지, 얼마나 몰입했던 순간이었는지. 네 친구들, 너에게 메달을 안겨준 친구들 모두가 상을 받으러 연단에 올라가는 너에게 박수를 보냈어. 아빠와 엄마와 나는 감격에 겨웠지. 네게 쏟아지던 카메라 플래시 세례. 기쁨으로 반짝반짝 빛나는 얼굴에 벨벳 바지와 갈색 가죽점퍼를 입은 네가 어찌나 훤하고 잘생겼던지. 넌 너무나 행복해 보였어. 내 평생 그날 저녁의 너처럼 자랑스러웠던 사람은 없는 것 같아.

너의 '정상적인' 행보는 여기서 멈춰. 정말이지 피하기 쉽지 않은 단어다, 정상이라는 이 단어. 장애라는 말보다 더 어려워. 넌 회계원 수료증을 취득하지 못했지만 네게 맞는 다른 길을 찾아야 할 나이가 되었어. 네 처지에 맞게 적응할 수 있는 길을. 아빠와 엄마는 마침내 네가 남들처럼 살 수 있다는 믿음을 갖게 되었어. 시간이 좀 걸리는 것뿐이었지.

난 열여덟이 되었고 연인도 생겼어. 명실상부한 첫사랑. 올리비에. 바칼로레아에는 간당간당하게 합격했지. 난 뭐든 턱걸이를 했어. 행운의 네잎클로버는 더이상 없었지. 그러고는 대학에 갔어. 이번에도 역시 간당간당하게. 뭐든 간당간당. 특히 대강, 남들처럼 사는 척했어. 뤽상부르 공원을 어슬렁거리는가 하면 시를 썼고, 슬퍼하는가 하면 이따금 반항을 했지. 그 또래의 다른 모든 아이들처럼 내 삶도 나 자신도 그다지 맘에 들지 않았어. 하지만 난 내 역할을 완벽하게 연기했어.

내 청춘의 열망의 쓰레기통이 채워지기 시작했다고 할까.

오빠 넌 처음으로 집을 떠나게 돼. 장애인고용지원센터에서 한 자리를 얻으려면 부모님과 한집에 살지 않는 편이 유리하니까. 아빠 엄마가 널 보내고 싶어하는 일류 장애인고용지원센터 센터장의 조언이었지. 그 편이 훨씬 의지가 있어 보일 수 있다는 거였어. 정상적이기도 하고. 또 이 단어군.

그래서 넌 파리 교외의 몽테송에 있는 기숙사로 떠났어. 이제 더는 우리랑 저녁식사도 잠자는 것도 함께 하지 않게 된 거였어. 정말로. 그때부터 넌 생라자르 역을 경유해 병원에서 기숙사로, 기숙사에서 병원으로 오갔지. 엄마는 네가 버려졌다는 기분을 느끼지 않도록 매일 저녁 생라자르 역에서 기다렸다가 너를 꼭 껴안아주며 잘 가, 하고 인사했어. 차마 얼굴을 볼 수 없을 정도로 가슴 아파하셨지.

주말엔 집으로 왔어. 종종 여기저기 멍이 든 채. 너와 한방을 쓰는 동기들은 반박당하는 걸 좋아하지 않았고 넌 노련한 매질로부터 자신을 방어하는 법을 몰랐지. 방어하려는 생각조차 못했으니까.

난 살의를 느꼈어. 하지만 무력했지. 네 상처의 구경꾼이었을 뿐, 아무짝에도 쓸모없었어.

일류 장애인고용지원센터에서는 널 원하지 않았어.

엄마는 부엌에서 눈물을 흘리셨어. 부엌에서 우는 시간이 점점 잦아지고 점점 길어졌지. 난 엄마를 위로할 수 없었어. 엄마 눈엔 내가 보이지 않았으니까. 당시엔 아직 엄마의 고통이 어느 정도인지, 어느 정도로 실의에 빠졌는지 알지 못했어. 아빠도 마찬가지였고.

내가 그나마 엄마의 고통의 깊이를 가늠하게 된 건 그로부터 팔 년 후야.

난 나대로 실의에 빠졌어. 더는 대학교에도 가지 않았지. 앞으로 무얼 할지 몰랐지만 아무래도 상관없었어. 널 보호해주고 싶었지만 그러지 못했지.

난 그러지 못했어. 우리 가족은 모서리가 부서진 사각형처럼 각자의 구석에서 혼자였고 불행했어. 각자 고통을 품은 채 나누지 않았지. 절망이었어. 넌 떠나지 말았어야 했어. 우리가 널 돌봤어야 했어. 세상의 야만으로부터 차단된 우리집에 그냥 있게 했어야 했어. 엄마가 하신 말씀이야. 우리가 모든 걸 망쳤던 거야.

엄마가 흐느끼며 울부짖었어. 정신 나간 사람 같았지. "차라리 내 손으로 죽여버릴래, 베개로 질식시켜 죽이고 나도 따라 죽어버릴래."

네가 지긋지긋해서 나온 소리가 아니었어. 네가 불행했기에, 네가 불행한 걸 참을 수 없었기에 나온 소리였어.

나한텐 머릿속에서 쾅! 하고 폭탄이 터진 듯한 충격적인 말이었지. 그뒤로 수년간 뼛속 깊이 공포를 느껴야 했어. 이젠 네가 나보다 먼저 죽게 해달라고 기도할 거야, 네가 절대 혼자가 되지 않게 해달라고.

그래서 죽음만큼은 평온할 수 있게 해달라고, 적어도 그것만큼은. 내가 너에게 뭔가 소용이 되게 해달라고, 널 절대 혼자 내버려두지 않게 해달라고.

전에 우리는 아무 문제 없이 잘 지냈어. 아무것도 아닌 일에도 까르르거렸지. 아빠와 함께 전기 기차 놀이를 했잖아. 금발머리 소녀나 빨간 두건 소녀의 이야기는 아직도 귓가에 쟁쟁해. "늑대, 늑대, 늑대!" 책상 밑을 교실 삼아 학교 놀이도 했지. 열등생인 노란 곰 인형을 실컷 두들겨주면서 말이야. 곰 인형은 아파하지 않았어.

그 무렵 난 올리비에와 헤어졌어.

곧 있으면 스무 살이었지. 어떤 일이 있더라도 그 시기를 다시 겪고 싶지 않아.

아빠는 나한테 깊이 실망하셨던 것 같아. 아빠의 바람대로 공부를 썩 잘하지 못했거든. 나라면 할 수 있었는데. 네가 할 수 없는 걸 난 할 수 있었는데. 네 몫까지 따라잡아야 했는데. 너와 달라야 했는데. 네가 되지 말아야 했는데. 물론 내 생각이야.

난 무력했어.

장애인 오빠의 여동생인 건 재미없는 일이야. 너무 버거운 것들을 산더미처럼 짊어진 느낌이랄까. 산산이 조각난 네 날개를 포함해서. 엄마가 나보다 널 더 보살피는 것이 정상이었고, 아빠가 내가 뛰어나길 바라는 것도 정상이었고, 내가 뭐든 이해해야 하는 것도 정상이었고, 내가 뭐든 받아들여야 하는 것도 정상이었고, 내겐 실수할 권리가 없는 것도 정상이었어. 난 정상이었으니까.

정상. 정상. 정상. 장애인.

내 일거수일투족이 어느 정도로까지 너와 엮여 있는지 아무도 알지 못했어. 나조차도.

그후로 난 무수한 남자들과 교제했어. 인생에 오빠만 있을 순 없는 거잖아. 내 연애는 석 달을 넘기지 못했지. 내 방패는 성능이 너무나 탁월했고 난 여차하면 방패를 흔들어댔으니까. 너도 무언가에는 쓸모가 있었던 거야. 누구도 내게 결혼하라고 강요하지 않았어. 실망감이라면 차고 넘치도록 맛봤지. 어떤 남자를 멋지다고 생각했다가 이윽고 그렇지 않다는 걸 깨닫는 짓 따위 그만하고 싶었어. 완벽한 남자는 존재하지 않으니까. 완벽한 남자는 없어, 완벽한 남자는 없어. 늘 내가 먼저 그만둬버렸지. 차라리 그 편이 나았으니까.

열정적으로 사랑했다가 문득 그렇게까지는 아니라는 걸 깨닫는 것. 중간에 늘 누군가가 있다는 걸 깨닫는 것. 엄마, 아빠 그리고 나. 엄마, 너 그리고 나. 너, 나 그리고 엄마. 장애, 너 그리고 나. 네가 갇혀 있고 나로서는 스며들 수 없는 이 인큐베이터. 사랑하는 남자들을 내게서 앗아갈 누군가가 늘 존재한다는 것.

사랑의 삼각관계, 난 그것을 영원히 되풀이할 터였지. 오랜 시간 동안, 난 이미 임자가 있는 남자들에게 집착했어. 그 남자, 다른 여자 그리고 나. 선택당하려고 기를 쓰면서 말이야. 남자가 날 선택하면, 요컨대 장애물이 없어지면, 그땐 나 스스로 그 남자와 나 사이에 널 끌어들였지. 나의 방패. 나의 성벽. 그 남자, 너 그리고 나. 내가 더 좋아하는 사람을 선택할 수밖에 없도록 말이야. 내게 사랑은 그런 거야. 선택하는 것.

나 역시 나 자신을 인큐베이터에 가두었지.

난 문학 공부를 계속하기 위해 사립대학에 등록할 것을 고려해봤어. 소르본 대학교는 내게 맞지 않았거든. 실은 사립대학도 별반 다를 게 없었지만.

언론인이 되겠다는 꿈은 접었어.

현재는 '프랑스2'로 명칭이 바뀐 '앙텐2' 방송국에서 파트리크 푸아브르 다르보르를 만났던 기억이 떠올라. 당시 난 열다섯 살이었고, 파트리크 푸아브르 다르보르처럼 되고 싶다는 꿈을 품었지. 내가 보낸 편지에 그가 답장을 해주었고 레나와 나, 우리 둘을 방송국으로 맞아주었어. 우리는 카메라 뒤에서 그가 진행하는 뉴스를 지켜볼 수 있었지. 당시는 내가 아직 꿈을 접지 않았을 때야. 꿈이 갓 태동된 때였으니까. 시앙스포, CFJ* 등등……

난 바른 길로 들어서지 못했어.

프랑스 언론홍보학교에 착륙했지. CFJ는 아니었지만 여하튼 학교 명칭에 '언론'이란 단어가 있었으니까. 내가 할 수 있는 것에 매달린 거야.

나의 또다른 역할모델인 드라마 속의 수사반장 아니 지라르도는 한 번도 만나본 적이 없어.

이번엔 가수 겸 배우인 파트리크 브뤼엘에게 편지를 썼어. 프랑스 언론홍보학교에서 첫 연수를 받을 때 파트리크 브뤼엘이 소속된 연예기획사와 연결된 덕분에 주소를 알게 됐거든. 내가 곡을 쓴 노래들을 불러줄 것을 제안하는 편지였지. 그땐 그가 그렇게 유명해지기 전이었지만 첫 앨범의 제작을 이미 마친 후라서 애석하게도 불발로 끝났어. 여하튼 난 다른 가수 겸 배우인 알렉상드르 스테를링의 앨범 작업에 참여했어. 학교 친구에게 내가 쓴 가사들에 대해 이야기한 적이 있었는데 알렉상드르 스테를링이 그 친구의 친구였거든. 내가 가사를 붙인 노래는 슈퍼마켓에서밖에 틀어주지 않았지만 상관없었어. 덕분에 난 음반저작권자 제작자 협회의 일원이 되었고, 난생처음 내가 조금은 자랑스러웠으니까.

---

* 정치 학교 시앙스포(Sciences-Po)와 언론인 학교 CFJ는 엘리트를 양성하는 프랑스 고유의 고등교육기관인 그랑제콜이다.

저작권 수입이 끊긴 지는 이미 오래전이야.

작사가 경험은 나만의 여백이랄까. 현실이 아닌 내 인큐베이터 말이야. 그 속에선 상상한 모든 것이 이루어지지. 집에서처럼. 꿈이 깨지는 건 늘 바깥세상에서야.

아마 파트리크 브뤼엘 같은 오빠가 있었으면 하고 바라기도 했을 거야.

아마 이 모든 얘기를 네게 처음 하지 싶어. 네가 내 얘기엔 관심 없을 거라는 생각이 머릿속에 박혀 있거든. 대개 내가 무언가를 보여주면 넌 삼십 초쯤 관심을 보이는가 싶다가 이내 너만의 세계로 떠나버리니까. 어쩌면 내가 틀렸는지도 몰라. 어쩌면 넌 관심이 있고 재밌는 건지도. 어쩌면 다만 너와 나, 우리의 시간관념이 다를 뿐인 건지도.

우리는 더는 널 기숙사에 보내지 않기로 결정했어. 전혀 도움이 되지 않았으니까. 도움은커녕 넌 돈 한 푼 못 벌고 얻어터지기만 했어. 내가 우리라는 말을 쓴 건, 그때부터 너에 관한 결정을 할 때 내 의견도 반영되기 시작했기 때문이야. 엄마는 집들을 여러 군데 둘러본 끝에 우리집에서 그리 멀지 않은 곳에 있는 작은 원룸을 찾아내셨어. 네가 편히 지낼 수 있고 아무도 괴롭히지 못할 너의 공간을. 그렇게 하면 네 주소가 우리의 주소와 다를 테니, 장애인고용지원센터 선생들도 만족할 터였지.

상황이 좀 나아지기 시작했어. 우리는 웃음을 되찾았어. 다시 아무것도 아닌 일에, 모든 것에 까르르거렸지. 조금 더 평탄한

길을 찾아낸 거야. 엄마만이 더욱 깊은 우울증에 빠져들었어. 네가 다시 우리와 가까워진 것에 행복해하시긴 했지만 충격이 너무 컸던 거야. 이별이 너무나 갑작스러웠던 거지. 엄마는 점점 내면 속으로 침잠해 들어가 헤어나올 줄 몰랐어. 혼자서는.

"엄마? 엄마, 괜찮아요?"

엄마는 거실의 안락의자에 앉아 있어. 벽난로 오른쪽의 늘 같은 자리, 초록색 우단을 씌운 크고 깊은 안락의자에, 두 눈을 감은 채. 나는 억장이 무너져내리며 목이 메어오지.

난 욕실로 달려가. 이럴 때 어디로 가야 하는지 아니까. 세면대 옆에 굴러다니는 약통을 열어 파란 알약의 개수를 세어봐. 얼마 남아 있지 않아.

난 엄마 발치에 무릎을 꿇고 엄마의 손등을 쓰다듬어.

"엄마…… 엄마, 나예요. 눈 좀 떠봐요……"

내 눈물이 엄마의 손등에 뚝뚝 떨어져. 엄마가 눈을 떠서 날 쳐다보지만 날 보는 게 아니야.

"엄마, 제발, 이러지 마세요…… 제발, 엄마…… 무섭게 왜 이래요. 엄마 죽는 거 싫어…… 엄마, 무서워요…… 너무 무서워요……"

엄마가 미소를 지으셔.

"엄마 안 죽어, 아가…… 그냥 좀 다 잊고 싶어서 그래……"

난 비명을 지르기 시작해. 흘러내리는 엄마의 눈물을 바라보며 내 눈물을 마시지.

"아니, 자꾸 이러면 죽어, 엄마! 대체 무슨 생각으로 이래요? 엄마가 삼키는 그 알약들이 정말 도움이 된다고 생각해? 제발 정신 차려요! 그 약들이 엄마를 죽이고 우리를 죽이고 말 거라고요! 엄마, 엄마, 노력 좀 해봐요, 제발…… 노력을 해, 엄마, 제발…… 날 사랑하잖아, 그렇지 않아요? 정말 날 사랑한다면 이 약들을 끊어야 해요……"

"넌 이해 못해…… 날 내버려두렴……"

난 엄마를 내버려뒀어. 그리고 약들을 쓰레기통에 버렸지. 난 이해하려고 노력했어. 하지만 내 분노를 가라앉히기에는 아직 시간이 더 필요했어.

너의 원룸은 좁았지만 나름대로 매력이 있었어. 작은 주택이었는데 문도 따로 있고 포석이 깔린 안마당에는 나무들과 꽃들이 가득했지. 시골인가 싶을 만큼. 난 이따금 너를 찾아갔지만 자주는 아니었어. 우리는 그보다는 본가에서 만나는 편이었어. 넌 더는 본가에서 잠을 자지 않았지만 매일 저녁식사를 하러 왔어. 어느 날 오후, 너의 집에서 크레이프 파티가 벌어졌지. 어릴 적 친구들인 레나, 세실과 함께. 네가 아직 날 수 있었던 어린 시절의 친구들이자 너의 꺾인 날개를 전혀 개의치 않는 현재의 친구들. 세실은 툭하면 토라지는 버릇이 없어진 지 오래야. 우리는 둘도 없는 절친한 친구가 되었지. 우리는 시드르*를 마시고 누텔

라 초코크림을 크레이프에 듬뿍 발라 먹으며, 널 웃게 하기 위해 막 욕을 해댔어. 계속해서 끝도 없이. 넌 한없이 행복해 보였지. 예전처럼.

너의 이웃들은 널 '성가시다'고 여겼어. 대체 네가 왜 마주칠 때마다 인사를 한답시고 한 손을 내밀며 자기들에게 다가오는지 이해하지 못했지. 네가 마주치는 거의 모든 사람들에게 그런다는 걸 알 리 없었으니까. 네 천성이 사교적이라는 걸, 사교적이다못해 귀찮게 달라붙는 타입이라는 걸, 특히 여자애들한테는 더 그런다는 걸 말이야. 아무튼 넌 얼핏 보기에도 장애인이었으니, 겁을 집어먹은 거였지. 네가 인사말을 제대로 못하고 어버버거렸을 테니 분명 거친 사람으로 여겼을 거라고. 그들이 부동산 중개인에게 불만을 표했고 부동산 중개인이 집주인에게 연락을 취했어. 네가 이사가기를 바라는 거였지. 아빠가 분노하셨어. 그토록 노발대발하는 모습은 본 적이 없어. 고소도 불사할 태세였지. 아빠의 단호한 태도에 그들도 단념했어.

일요일이 되면 그들은 17구에 사는 선한 가톨릭 신자의 얼굴을 하고서 미사를 보러 가겠지.

---

* 주로 크레이프에 곁들여 마시는 사과주.

그들을 증오해. 하지만 난 무력할 뿐이야.

어느 날 새벽 한시였어. 레나, 세실, 세실의 애인과 함께 외식을 하고 귀가하는 길이었지. 고개를 들어 우리 아파트의 창문을 보니 불이 환히 켜져 있었어. 예사롭지 않았지. 문을 여니 엄마가 득달같이 달려나와 나를 안심시켰어. 네가 사고를 당했는데 이제 괜찮아졌고 지금은 네가 쓰던 옛 파란 방의 옛 침대에 누워 안정을 취한다며, 어쨌든 얼굴을 보면 좀 놀랄 거라고 덧붙이셨어. 난 너한테 다가갔어. 넌 누워 있었는데, 참 슬퍼 보였어. 난 가슴이 몹시 아팠어. 흔들 목마에서 찍은 네 사진을 다시 보는 기분이었지. 겁에 질려 어쩔 줄 모르던 그 모습을. 얼굴이 뭉그러져 보였어. 터진 눈두덩에는 꿰맨 자국이 있고 입술은 부풀어 올라 있고 얼굴의 반쪽은 화상을 입은데다 눈언저리에는 멍이 들었지. 넌 아빠와 매주 한 번씩 하는 스크래블 게임을 하고 나서 너의 집으로 돌아가는 길에 자동차에 치였던 거야. 자동차는 멈추지 않고 그대로 달아나버렸어. 구조대원들이 일찍 출동해 아빠 엄마에게 알리고 함께 병원으로 간 거였지. 누가 구조를 요청했는지는 끝내 알 길이 없었어. 난 마음이 평온한 날이면 그냥 모르는 차였으려니 생각해. 하지만 네가 상처를 받으면 마음이 평온해지기가 정말 쉽지 않아.

넌 적어도 석 주간은 외출하고 싶어하지 않았어. 사실 볼썽사납긴 했지. 권투 경기에서 패배하고 난 후의 로키 발보아 같다고 할까. 토토가 매일 찾아와 붕대를 갈아줬어. 충실하고 세심하고 끈기 있게. 넌 토토의 간호를 받고 싶어하지 않았지. 토토는 내 친구이자 정신과 간호사였어. 너도 그 점에선 안심이 되었을 거야. 나 역시 그랬고.

넌 묵묵했고 절대 불평하는 법이 없었어. 마치 고통이 전혀 느껴지지 않는다는 듯, 고통과 거리를 두고 있다는 듯. 어쩌면 감성이 다른 건지도 모르지. 여하튼 난 네가 용감하다고 생각해.

그 일을 겪으며 여름에 생리지에에서 일어났던 일을 떠올렸어. 네가 입술이 터지고 앞니 두 개가 부러진 채 우그러진 자전거 바퀴를 들고 집으로 돌아왔던 날 말이야. 비뉴 드 레베셰 언덕을 내려오던 신부의 자동차를 얻어 타고 왔잖아. 난 신부들이 싫어. 파리 성당의 신부는 네가 비정상이라는 이유로 첫영성체를 해주려 하지 않았지. 브라보! 단순한 영혼들은 행복한 자들이다, 하늘의 왕국이 바로 그들의 것일지니……

그때도 너는 불평 한마디 하지 않았어. 엄마는 널 간호하셨고 아빠는 자전거를 고쳐주셨지. 네 앞니는 부러진 그대로야.

난 그만하면 됐다는 말을 수없이 되뇌어. 넌 이미 고통을 겪을 만큼 겪었어. 용감한 건 아름답지만, 대체 용감하다고 해서 주어지는 영예는 어디에 있는 거지?

할머니가 돌아가셨어. 오빠 넌 8월 25일을 결코 잊지 못할 거야. 나도 마찬가지고. 네가 말했어. "그럼 할머니 이제 숨 안 쉬어?" 내가 그렇다고 대답하자 넌 돌아서더니 방으로 들어가버렸어.

거실에서 할머니와 단둘이 있게 되었을 때, 나는 관에 누운 할머니의 머리칼을 쓰다듬었어. 장의사가 할머니의 가르마 방향을 잘못 타는 바람에 좀 난처해졌지. 할머니가 아닌 것같이 돼버렸거든. 아닌 게 아니라 할머니라고 할 수 없을지도 몰라. 망자가 된 마당이니까. 반쯤 열린 부엌문 틈으로 네가 살며시 고개를 내밀더니 도로 문을 닫고 가버렸어. 난 어찌해야 좋을지 몰랐어.

네가 그 모든 걸 어찌 견딜지. 나도 이루 말할 수 없이 슬픈데 네 슬픔이야 오죽하랴 싶었지. 하지만 넌 나처럼 감정 표현을 하지 않았어. 넌 울지 않았지. 절대로. 그날 이런 생각이 들었어. 언젠가 엄마도 분명 떠나실 텐데, 그땐 더욱더 너를 위로할 방법이 없겠구나, 마침내 너와 엄마의 탯줄이 끊기는 그날은 너무도 끔찍하겠구나, 라는 생각이.

우리가 애지중지했던 새끼 고양이, 나의 아기였던 코메디가 죽은 여름날, 우리는 너한테 코메디의 죽음을 바로 알리지 않았어. 네 막바지 여름방학을 슬프게 만들고 싶지 않아서였지. 아빠와 함께 기차역으로 너를 마중 나갔을 때 우리에게 인사도 하기 전에 네가 대뜸 건넨 말은 "코메디 보러 갈까?"였지.

코메디는 정원 안쪽 구석의 돌담 앞에 있는 작은 장미나무 밑에 잠들어 있어. 아빠가 피레네산맥 위로 태양이 뜨는 것을 볼 수 있도록 머리를 동쪽으로 뉘어 묻어주셨지. 우리 둘이 코메디의 작은 무덤을 마주했을 때, 난 하염없이 훌쩍였고 넌 영문을 모르겠다는 듯 날 흘금거렸어. 하지만 넌 알고 있었지. 단지 어찌해야 할지, 무슨 말을 해야 할지 몰랐을 뿐. 네가 불행할 때 내가 그런 것처럼.

넌 죽음이 숨쉬기를 멈추는 것이고 다시는 만나지 못하는 것이라는 걸 알아.

전혀 표현하지 않아도 모든 것을 꿰뚫고 있지. 어쩌면 죽음이 누구도 비켜갈 수 없는 거라는 것도 알 거야.

언젠가 내 통장 잔고가 바닥났을 때(난 스물다섯이었고 그 무렵엔 자주 맞닥뜨린 상황이었지), 네가 천 프랑짜리 수표를 건넸어. '필로'라고 서명해서. 난 그 수표를 고이 접어 수첩 속에 지금껏 간직하고 있어.

야니크가 파리 17구 사회부적응아학부모연합에서 캠프를 개최했어. 착하지만 트릿하기 짝이 없는 사람이었지. 뭐든 툭하면 잊어버리고 지각을 밥 먹듯이 했어. 하지만 넌 세상없어도 야니크가 아닌 다른 사람과는 여행을 떠나려 하지 않았어. 캠프의 간사들은 대부분 여자들인지라 너에겐 환상적이었지. 껌딱지 필로.

더러 말썽이 생겼어. 네가 좋아하는 음식을 해주지 않는 간사들을 잘못 선택한 게 화근이었지. 파스타, 햄, 으깬 감자, 파스타, 햄, 으깬 감자면 그만이었는데. 특히 토마토, 당근채 샐러드, 강낭콩, 토마토, 당근채 샐러드, 강낭콩만 피하면 됐는데. 그럴 때면 넌 8킬로그램이 빠진 채 캠프에서 돌아왔고, 엄마는 한 달 동안 성장기 아이 먹이듯 널 거둬 먹였어.

너는 출발 보름 전부터 야니크가 푸아티에의 멜라니 집에서 개최하는 주말 캠프 이야기를 그치지 않았어. 멜라니는 네가 잘 알고 또 열렬히 좋아하는 간사였지. 아무튼 입고 갈 옷까지 미리 정해놓을 정도였으니까. 남색 블레이저 재킷과 빨간 스웨터와 회색 바지. 야니크와 너는 몽파르나스 역에서 테제베를 타기 위해, 역 앞의 94번 버스 종점에서 오후 두시 반에 만나기로 돼 있었어. 푸아티에에 도착하면 멜라니가 차로 마중 나올 터였고. 그녀의 집은 기차역에서 한 시간쯤 걸리는 거리에 있었지.

그래서 난 주말을 혼자 보내게 됐어. 아빠와 엄마도 생리지에에 가신 참이었거든. 토요일 낮에는 장을 보고 저녁엔 나탈리와 프레드의 집에서 식사를 할 예정이었지.

"안? 야니크예요. 불안한 마음에 전화했어요. 세시가 다 됐는데 필리프가 아직 나타나지 않아서요……"

"그게 무슨 말이에요? 여기서 한시 반에 출발했는데. 내가 버스에 올라타는 것까지 확인했는걸요."

"아, 그래요? 그럼 이상한데요. 걱정스러워요, 제가 이 주변을 몇 번이나 돌아봤거든요. 그런데 못 봤어요……"

"거기 몇시에 도착했는데요?"

"그게…… 제가 한 십오 분쯤 늦었어요……"

짜증이 치밀었어. 십오 분이라니. 그걸 말이라고! 젠장. 네가 시간 약속을 철두철미하게 지킨다는 걸 잘 알면서.

"지금 어디예요, 야니크?"

"역 앞이에요. 혹시 모르니까 94번 버스 종점에 있을게요."

"곧 갈게요."

난 속력을 내서 차를 몰았어. 내가 〈착한 경찰〉의 아니 지라르도였다면 차 지붕에 경광등을 달았을 것이고 그럼 더 빨리 달릴 수 있었을 텐데. 오토바이들조차 길을 내줬을 텐데. 젠장, 젠장, 젠장. 거기 앞에 고철 덩어리! 빨리 좀 움직여! 난 클랙슨을 울려 대고 상소리를 연발했어. 등골이 오싹하도록 겁이 났거든. 이십여 분 뒤 몽파르나스 역에 도착해 주차하고 94번 버스 종점에서 야니크와 만나 역 앞 광장을 샅샅이 뒤졌어. 넌 어디에도 없었어. 우리는 역 안으로 들어갔어. 역 안을 한 열 번쯤 돌았을까. 넌 늘 기차가 떠나는 걸 바라보기를 좋아했어. 일요일 아침에 마침내 아빠가 깨어나 부엌 식탁에서 네 전기 기차를 굴려주던 그때부터 줄곧. 우리는 플랫폼이란 플랫폼은 죄다 확인했지만 너는 어디에도 없었어. 생리지에의 부모님께 전화를 해야 할지 말아야 할지 고민이 됐어. 분명 놀라실 텐데. 난 최악의 경우를 상상하기 시작했어. 더이상 어찌해야 좋을지 몰랐지. 병원이나 경찰에 전화를 해야 하나? 우리는 94번 버스 종점으로 다시 갔어. 혹시 버스를 타고 오는 길에 무슨 일이 생긴 건 아닐까? 버스 운전사에게 물었어.

"기사님, 실례지만 혹시 바그람과 몽파르나스 구간 사이의 사고 소식 못 들으셨나요?"

"어…… 아니요, 못 들은 것 같은데. 왜 그래요?"

난 널 잃어버렸다고 설명했어. 내 목소리가 떨렸던가봐. 운전사가 즉시 인터폰을 들어 '중앙센터'에 사고 소식이 없는지 물었어.

지지직거리는 잡음 때문에 내겐 아니요…… 아니요…… 아니요…… 하는 소리만 겨우 들렸어.

"아니라는데요, 아가씨. 사고 소식은 아무것도 접수된 게 없다네요. 미안해요. 너무 걱정하지 마요, 역 어딘가에 있을 거요."

"네…… 감사합니다."

난 어찌할 바를 몰랐어. 생각지도 못한 일이었으니까. 난 다시 한번 아무 쓸모가 없었던 거야. 네 방패가 되어야 할 사람이 말이야.

야니크와 난 다시 기차역으로 갔어. 안내 방송을 내보낼 심산이었지. 우리는 안내실로 들어가 방송 부스로 다가갔어. 내가 사람을 잃어버렸으니 방송을 해달라고 하자 프랑스 국유철도청의 여직원이 메마른 목소리로 역에선 사람 찾는 방송은 하지 않는다고 대답했어.

"역에선 사람 찾는 방송을 하지 않는다니, 그게 무슨 소리죠? 그럼 일행을 잃어버린 사람들은 어쩌라고요?"

그 벽창호의 목을 조르고 싶은 심정이었어.

"역에선 사람 찾는 방송은 하지 않는다고요, 규칙이 그래요…… 아동이나 장애인의 경우를 제외하고는요."

오 분이나 질질 끌고 나서야 이런 말을 하다니.

"아, 잘됐네요. 우리 오빠가 바로 장애인이거든요!"

이번 한 번만큼은 네가 장애인인 게 다행이라는 생각마저 들었지.

그녀는 네가 발견될 권리가 있는 극히 드문 사람들의 범주에 속하는 것을 유감스러워하는 표정이었지만 마이크를 들어 임무를 수행했어.

"필리프 피에르 씨, 필리프 피에르 씨, 여동생 안 씨가 역구내 삼층의 플랫폼 안내소에서 기다립니다. 필리프 피에르 씨, 필리프 피에르 씨, 여동생 안 씨가 역구내 삼층의 플랫폼 안내소에서 기다립니다."

이제 됐어. 방송을 듣고 네가 이곳에 올 테고 야니크와 나와 너, 우리 모두는 다시 만난 것을 기뻐하게 될 거야. 난 널 호되게 책망하고 나서 꼭 껴안겠지. 십오 분이 흘렀어. 넌 나타나지 않았지. 테제베가 떠나가는 걸 넋을 놓고 바라다보는 중인지도 몰랐어.

나는 프랑스 국유철도청의 고약한 여직원에게 다시 한번 방송을 해달라고 청했어. 그녀가 짜증스러워하는 게 느껴졌지만 내 상태에 비하면 아무것도 아니었지. 나는 신경줄이 팽팽해질 대로 팽팽해져 끊어지기 일보 직전이었으니까. 내가 그녀에게 바라는 건 본분을 다하라는 것뿐이었어.

"필리프 피에르 씨, 필리프 피에르 씨, 여동생 안 씨가 역구내 삼층의 플랫폼 안내소에서 기다립니다. 필리프 피에르 씨, 필리프 피에르 씨, 여동생 안 씨가 역구내 삼층의 플랫폼 안내소에서 기다립니다." 여전히 아무 소식이 없었어. 넌 듣지 못하는 거였어. 역에 없는 거였어.

오싹한 한기가 엄습했어. 경찰에 전화해야 할 것 같았지. 넌 정말 실종된 거였어. 버스를 타고 오는 길이나 역에서. 무슨 일이 생긴 게 틀림없다는 확신이 들었어. 아빠 엄마께 뭐라고 말씀드리지? 완전히 망연자실했어. 난 아무짝에도 소용없는 인간이야. 널 보호하는 것조차 제대로 못하다니. 야니크는 아무 말도 하지 않았어. 우리 둘을 옥죄는 불안의 강도에는 차이가 있었지.

멜라니에게는 전화를 걸어 야니크와 네가 기차를 타지 못했고 너를 잃어버렸다고, 소식을 전할 테니 역에 마중 나가지 말라고 일렀어.

불현듯 내가 야니크를 바라보았지. 그래, 멜라니!

"오빠가 혼자서 기차를 탄 건 아닐까요?"

야니크가 멍한 표정을 지었어.

"아, 아니에요, 그랬을 것 같진 않아요. 저도 없는데 혼자서 떠날 리가 없죠. 더구나 차표도 제가 갖고 있는걸요."

난 생각에 잠겼어.

"오빠는 지난 몇 주간 이번 주말 여행 얘기만 했어요. 멜라니를 다시 볼 생각에 신났었다고요. 무슨 일이 있더라도 이번 여행을 포기하지 않았을 거예요. 그리고 차표 따위, 오빠는 개의치 않아요. 혹시 오빠한테 그게 걸림돌이 될 거라고 생각한다면요……"

그제야 야니크도 네가 혼자 기차를 탔을 가능성을 고려하는 눈치였어. 자기가 약속 시간에 늦었고 너한텐 푸아티에에 못 가는 건 있을 수 없는 일이라는 것을.

우리는 다시 안내실로 갔어. 안내 방송 부스엔 여전히 그 여자가 버티고 있었지. 안내실에 들어서는 우리를 더한층 짜증스러운 표정으로 바라보면서. 그래, 또 널 귀찮게 하러 왔다. 나도 그쯤 되니 재미있다는 생각마저 들었지. 예전에 흑인 친구와 이따금 비슷한 장난을 쳤었어. 프랑스 국유철도청의 여직원 하나를 물색한 뒤 역에서 장애인 오빠를 잃어버렸다고 거짓말을 하는 거였지. 단지 마이크에 대고 사람을 찾는 안내 방송을 하게 하기 위해, 스피커를 통해 울려퍼지는 그녀의 다급한 목소리를 듣기 위해서.

하지만 내가 눈에 눈물이 그렁그렁한 채 말도 심하게 더듬자, 프랑스 국유철도청 여직원도 나의 극심한 공포를 역력히 깨달았지. 그녀에게 네가 혼자서 푸아티에행 테제베를 탔을지도 모른다는 생각을 전했어. 열차나 저쪽 역과 연락할 수 있을까요? 난 알아야 했어. 아니면 경찰에 신고해야 할 테니까. 여직원이 별안간 부드러워졌어. 짜증이 수플레 거품 꺼지듯 가라앉고 칙칙했던 안색이 환해졌지. 놀라웠어. 여직원이 걱정하지 말라고, 기차와의 교신은 불가능한데다 어차피 도착했을 시간이니 저쪽 역과 통화해보겠다고 말하더니, 푸아티에에 전화를 걸었어.

"네, 안녕하세요? 여기는 몽파르나스 역입니다…… 저희 쪽에 젊은 여자 승객 한 분이 찾아오셔서, 장애인 오빠가 파리-푸아티에 간 열차를 혼자 타고 가서 그쪽 역에 도착했을지 모른다고 하시는데, 혹시 관련된 소식 없나요?"

전화선 저쪽에서 머뭇거리는 듯했어.

"오빠분이 무슨 옷을 입었죠?"

내가 수화기를 낚아채자 프랑스 국유철도청 여직원이 스피커폰을 켰어. 나로선 믿기지가 않았거든. 내가 어물거렸어.

"빨간 스웨터에 남색 블레이저 재킷을 걸치고 회색 바지를 입었어요."

"네, 네, 그럼 맞네요, 여기 있어요. 여기 저랑 함께 있어요."

안전판이 열려버렸지. 울음이 터져 말을 이을 수가 없었어.

"울지 마세요, 아가씨. 걱정 안 해도 돼요, 오빠는 아무 이상 없고 우리랑 함께 있으니까요. 그런데 아무리 말을 시켜도 입도 달싹 안 하더라고요. 도대체 말을 해야 말이죠. 이름조차 말하지 않아요. 그래서 그냥 마중 나오기로 한 사람이 오지 않았나보다 고 생각했죠."

아무렴, 내가 잘 알지. 겁을 집어먹으면 네가 말이 없어진다는 걸. 놀라도 말을 안 하고, 불안하거나 당황하거나 잘 모르거나

버림받거나 불행해도 말을 안 하지. 무너지지 않는 철옹성, 열리지 않는 석화랄까. 아주 사소한 질문조차 대답하지 않잖아. 네 입을 열게 하는 건 불가능하지. 최악의 고독, 완전한 유폐. 어린 시절로 거슬러올라가는 유서 깊은 피신처. 그 때문에 네가 갖고 다니는 신분증 수첩 속에 아빠, 엄마, 나의 이름과 전화번호가 기입된 카드가 들어 있는 거였지. 만일의 경우에 대비해서. 난 그걸 알고 있었지만 푸아티에의 상냥한 철도청 직원이야 알 턱이 있나. 그러니 네 배낭을 뒤져볼 생각은 하지도 못했겠지.

난 계속해서 전화에 대고 울음을 쏟았어.

"네, 알아요, 오빠는 원래 겁을 먹으면 말을 안 해요. 하지만 아주 착해요. 정말로. 이름은 필리프고 아주 착해요…… 배낭에 연락처가 들어 있어요…… 정말 착해요……"

"네, 그렇고말고요, 아가씨. 척 보기에도 아주 착할 것 같아요. 자, 이제 그만 우세요, 오빠는 우리가 잘 돌보고 있을게요……"

"오빠랑 잠깐 통화할 수 있을까요? 부탁드려요……"

"물론이죠, 기다리세요, 바꿔드릴게요."

"필로? 필로?"

"여보세요, 안?"

"응, 나야, 필로…… 아, 오빠…… 대체 어떻게 된 거야? 왜 야니크 없이 혼자서 갔어? 우리 둘이 여기서 얼마나 걱정했는지 알기나 해? 알기나 하냐고? 얼마나 얼마나 무서웠는지 몰라. 다신 이런 짓 하면 안 돼, 오빠, 알아들어?"

"어, 응."

네가 자주 하는 대답이었지. 어, 응. 그걸로 끝이었어.

아무리 가슴을 졸였더라도 너한테 딱딱거리긴 싫었는데. 널 무사히 안전하게 다시 찾아서 내가 얼마나 기쁜지 말했어야 했어. 왜 멜라니가 오지 않은 건지 영문도 모르는 채 그쪽 역의 플랫폼에 혼자 멀거니 서 있다가 별안간 낯선 여자한테 질문 공세를 받았을 너의 모습을 상상하는 것만으로도 난 억장이 무너져. 넌 이미 일탈의 대가를 톡톡히 치렀고 난 너를 되찾아 너무나 행복했어. 너에게 그 말을 해줬어야 했어. 하지만 그저 이렇게만 말했지.

"잘 들어, 멜라니가 도착할 때까지 거기 그 여자분과 꼼짝 말고 있어, 알았지? 멜라니가 최대한 빨리 갈 수 있게 전화할 테니까, 알았지?"

"알았어, 안."

이것도 네가 자주 하는 말이었지. 넌 결코 어기대는 법이 없었어.

멜라니가 푸아티에 역으로 즉시 출발할 것이고, 야니크는 다음 열차를 타고 너와 멜라니에게 합류할 터였어. 다음 열차를 기다리는 동안 우리는 커피를 마시러 갔지. 나는 프랑스 국유철도청 여직원에게 감사를 표하며 조금 더 훌쩍였어. 알고 보니 그리 까칠한 여자가 아니더라고. 마침내 널 찾은 것에 감동하기까지 했으니까. 야니크는 푸아티에에서 널 만나는 대로 전화하겠다고 내게 약속했어. 그뒤의 한 시간 반은 영원과도 같았지.

저녁식사를 하러 친구네 집에 갔을 때 난 전에 없이 녹초가 돼 있었어. 하지만 푸아티에에서 널 만났다는 야니크의 전화를 받고 나서 안도했지. 그제야 완전히 마음이 놓였어. 야니크는 네가 당연히 검표원의 통제를 받았고 네 수중에 있던 돈으로 약간의 벌금을 냈다고 덧붙였어…… 그 정도야 감수해야지. 나는 위스키를 마시며 나탈리와 프레드에게 그날 겪은 일을 이야기했어. 삼십 분 남짓 후에 난 그들의 침대에 쓰러져 있었어. 디저트 타임이고 뭐고 없이 그대로 잠이 들어버렸지.

정신과 치료를 받아온 지도 곧 있으면 십오 년이야. 우리 가족 중 나만이 유일하게 이 방법을 택했지.

엄마는 정신과 의사들을 절대 믿지 않고, 아빠는 혼자서도 이겨낼 수 있다고 생각해.

처음엔 심리 치료부터 시작했어. 일주일에 한 번씩 맘마질라 선생과 삼십 분간 일대일 상담을 했지. 난 구명 튜브를 향해 손을 뻗는 표류자처럼 그녀를 대했어. 죽음에 대한 생각이 내 삶을 심각하게 훼손하기 시작했거든. 어떨 땐 의사 선생이 내 얘기를 들으며 졸아서 웃음이 나기도 했지. 나보다 바로 앞서 들어간 여 환자가 울음을 그치지 않더라니, 고단했을 만도 해. 그럴 땐 잔

기침을 해서 의사 선생을 깨웠어. 내 처절한 얘기에 흡인력이 없었는지는 몰라도 어쨌든 결과적으로 맘마질라 선생 덕분에 난 불안을 다스릴 수 있게 되었어. 칠 년간 얼굴을 봐왔지만 그녀가 웃는 걸 본 적이 한 번도 없어. 혹시 다귀르 선생의 딸이 아닐까?

그뒤 삼 년간 혼자서 버티다 다시 비척거렸지. 난 초기처럼 허우적대다 가라앉지 말자고 다짐하고는 이번에는 정신분석 치료를 시작했어. 내 주변을 둘러싼 안개가 아직은 너무 짙었거든. 이른 아침 정신과 진료실의 소파에 누워 자신을 성찰하지. 보름에 한 번씩. 난 새 정신과 의사를 예수라고 불러. 매우 각진 얼굴형과 푸른 눈에 머리도 약간 긴데다 턱수염을 기르고 있거든. 난 그가 좋지만 애인이나 아버지나 오빠처럼 여기는 건 아니야. 우리 사이엔 감정의 교류가 없으니까. 그저 말동무라고 할까. 날밝은 정해진 시간에 규칙적으로 만나는 친구. 그는 자주 미소를 보여. 나를 맞는다거나 진료 시간이 끝났다거나 그의 책상 옆에서 대화를 나눌 때. 그는 다귀르 선생의 아들이 아니야. 그보다는 프랑수아즈 돌토의 아들이라고 봐야지. 혹여 그가 내 얘기를 듣다 잠이 들어도 난 책상에 앉아 있는 그를 등지고 소파에 누웠으니 알 턱이 없지.

"안녕하세요, 피에르 부인. 들어오세요."

그는 늘 오 분 정도 늦게 날 부르러 오고, 더러 그 이상 늦을 때도 있어. 난 피에르 부인이라고 불리면 슬그머니 웃음이 나. 내게 피에르 부인은 우리 엄마거든. 내가 이곳을 찾는 건 탯줄을 끊기 위해서이기도 해. 그간 내 사연을 구구절절 들었으니 의사 선생도 내가 미혼이라는 걸 알겠지만, 탯줄을 끊으라고 날 그렇게 부르는지도 몰라. 아니면 단순히 내가 아가씨라고 불릴 나이를 훌쩍 넘겼으니 으레 통용되는 호칭으로 그렇게 부르는지도 모르고. 나는 또한 어른이 되는 법을 배우기 위해서도 이곳을 찾는 거야……

당연히 오빠 너에 대한 얘기도 나오지. 아빠에 대해서도 많이, 그리고 엄마에 대해서도. 난 매듭을 풀고 이해하고 수치와 악감정을 받아들이려 노력하고, 내 것이었고 지금도 내 것인 모든 것에 대해 스스로를 용서하려고 노력해. 엄마가 당신 고통의 수렁 속에 나까지 끌어들인 것에 대해, 당신에 대해 내가 품었던 아름다운 이미지를 퇴색시킨 것에 대해 용서하려 노력하고, 자꾸만 밀려드는, 아빠에게 인정받고 싶다는 기대감을 접으려고 노력해. 난 달리다가 멈추고 다시 달리다가 멈춰. 그리고 또다시 달리며 앞으로 나아가. 난 내가 잡지 못한 인생의 기회들을 잊으려고 노력해. 여덟시 뉴스 앵커, 수사반장, 네 명의 자식, 죄다. 그리고 다른 인생을 구축하려 노력해. 그것도 제대로. 또한 정상이 되려고 노력해. 난 더이상 무력하지 않아.

"오빠한테 얘기했어요?"

"뭘요?"

"방금 말씀하신 거요, 법학 석사 학위를 취득했다는 얘기요."

몇 분간 침묵이 흘렀어. 무슨 소린지 파악하는 시간, 너에게 말한 적이 없다는 것을 깨닫는 시간이었지.

"아니요."

"왜죠?"

"글쎄요…… 아마…… 오빠가 관심 없을 거라고 생각한 것 같아요."

"왜 그렇게 생각하죠?"

젠장, 나도 말하고 싶단 말이야. 왜인지 나도 모른다고. 왜 너한테 죄다 말하지 않는 걸까? 단지 원래 누이동생들은 오빠한테 죄다 말하지 않는 거니까? 난 너한테 하지 않는 얘기가 산더미처럼 많아. 너뿐 아니라 다른 누구한테도. 아니, 그건 아니네, 법학 석사 학위 취득은 온 세상에 대고 떠들었으니까. 너만 빼고 온 세상에.

"진짜 대답을 회피하는군요."

“저한테 일어난 아주 중요한 일을 오빠한테만 잊고 얘기를 안 했다는 말씀인가요? 오빠가 존재하지 않는다는 듯이요?”

“아니요, 오빠한테 존재하지 않는다는 듯 군 건 외려 당신인 것 같은데요.”

너한테 난 존재하지 않아. 내 모습 그대로 너한테 존재하고 싶지 않거든. 너보다 잘난 모습 말이야. 너는 절대 이루지 못할 부분에서 성공을 거두는 내가 허용이 안 돼. 다른 부분에서도 마찬가지고. 무엇이 됐든 너보다 돋보이는 일은 하고 싶지 않았어. 사람들이 행여 우리를 비교하지 않도록, 너의 지체를 보지 않도록, 네가 나의 영웅으로 남도록. 모든 것을 위해, 또한 모든 것을 피하기 위해. 하지만 난 너처럼 되지 않는 법을 익히고 있어. 네가 되지 않는 법을.

다운증후군에 관한 다큐멘터리를 시청했어. 혼자 집에 누워서. 늦은 시간이었지. 이런 종류의 다큐멘터리가 황금 시간대에 방영되는 일은 극히 드문데 말이야. 식사를 하며 쳐다볼 수 있는 현실이 아니니까.

다큐멘터리에 소개된 젊은 다운증후군 환자들은 매우 호전된 경우였어. 그들은 말도 잘하고 연극도 하고 그림도 그리고 직장이 있고 언제 어디서나 쾌활하고 명랑했어. 정말 멋진 사람들이었지. 그들 중 하나에게 여동생이 있었어. 기다란 갈색 머리의 매우 예쁘고 고운 아이였어. 그 아이가 자기 오빠에 대해 이야기를 해. 아주 오랫동안. 그리고 울어. 아주 많이. 나도 그 아이의 말이 한마디 한마디 끝날 때마다 함께 울어. 침대에서 홀로. 그 애가 말하는 모든 것, 나도 그대로 할 수 있는 말이거든. 장애인 오빠를 둔 사춘기 여동생의 수치심, 이윽고 밀려든 후회와 자책, 현재의 자부심, 그리고 이러이러했더라면 하는 모든 바람에 대한 아쉬움과 현실 인정까지. 나는 그 아이가 너무나 친근하게 느껴져 얼싸안고 고맙다고 말하고 싶은 심정이었어.

내가 구원을 받은 게 바로 그날 밤이었던 것 같아.

그렇게 되기까지 이십 년의 세월과 무수한 가짜 오빠들과 가짜 애인들과 산산조각난 수천의 인큐베이터들과 두 명의 정신과 의사가 필요했지.

장애아를 낳는 것만큼이나 부모에게 가혹한 일은 없을 거야. 사실이야. 특히 차이를, 다르다는 것을 잘 받아들이지 못하는 사회에서는. 하지만 어찌됐건 한 생명을 세상에 탄생시키는 일은 대단히 자랑스러운 일일 거야. 놀랍고 마법 같은 일. 바로 그 때문에 동병상련의 부모들이 모여 단체를 만드는 것이겠지. 아픔을 나누고, 서로 돕고 의지하고, 더 잘 살기 위해서 말이야. 사람들의 질문과 관심을 받는 건 늘 부모들이야, 그들이 고통의 제일선에 있으니까.

하지만 사람들은 장애인의 형제자매들에겐 관심을 갖지 않아.

때로 부모들보다 그들이 더 외롭고 고독할 수 있는데도. 특히 자식 수가 많지 않은 집 장애인의 형제자매들은 더하지. 사람들은 이들이 장애인의 육체와 정신을 가지지 않았다는 이유로 손상을 덜 입었다고 생각해. 하지만 난 눈물로 얼룩진 그 여자애에게서 고통에 찬 누이의 모습을 발견했어. 나와 동병상련을 겪었다는 이유만으로 그 아이가 좋았지. 나와 정확히 똑같은 걸 겪었다는 이유만으로. 난 가장 추한 것조차 말할 수 있는 그 아이가 경탄스러웠어. 왜냐하면 그 아이의 모든 말에서 사랑이 넘쳐났거든.

난 사랑하는 동시에 증오할 수 있음을 깨달았어. 그리고 그걸 말할 수 있다는 것도. 유감스러워하고 원망할 수 있지만 그러면서도 감탄할 수 있음을 깨달았어. 그리고 그걸 말할 수 있다는 것도. 장애인의 여동생인 것이 장애인의 엄마나 아빠인 것보다 덜 힘들지 않음을 깨달았어. 그리고 그걸 말할 수 있다는 것도. 단지 다르다는 것, 나서 죽을 때까지 평생 화를 낼 수 있다는 것, 갖가지 숱한 감정을 가질 수 있다는 것, 하지만 좋은 것부터 나쁜 것까지 허술한 우애에서 비롯된 그 모든 감정의 스펙트럼이야말로 진정한 선물이라는 것을 깨달았어. 그리고 그걸 말할 수 있다는 것도.

난 지금 네게 말하고 있어.

그날 밤의 그 여동생 이름조차 모르지만 종종 한없는 애정을 담아 그애를 떠올려.

요즘은 모든 게 순조로워.

오빠 넌 무탈하게 일상을 꾸리며 평화롭게 삶을 통과하고 있지. 또 장애인고용지원센터에 가는 걸 좋아해. 일류는 아닐지 몰라도 그곳에서 안정을 느끼지. 세상없어도 실직하고 싶어하진 않으니까. 이따금 자기가 카리타*라도 되는 줄 아는 센터의 '여자 원생'이 경연대회에 나간다고 널 '모델'로 선택하는 바람에 잘린 머리칼을 들고 귀가할 때도 있지. 열여덟 살 때는 딱 한 번 호전적인 다른 원생의 공격을 방어하다가 쫓겨난 적도 있었어. 넌 이

---

* 프랑스의 유명 미용사 자매의 성(姓)으로, 이들이 설립한 뷰티 관련 기업명이기도 하다.

상적인 먹잇감이었지만 도를 넘진 말았어야 했지. 그 원생이 가위를 들고 숨어 있다가 널 공격했는데 네가 반격하는 장면을 하필 교육관이 봐버린 거야. 하여간 타고난 운이 없는 건 알아줘야 한다니까. 진상을 규명할 능력이 없었던 넌 정황이 불분명한 가운데 그 원생과 함께 나란히 처벌을 받았지.

넌 은퇴할 날을 손꼽아 기다리며 그때까지 몇 년이나 남았는지 헤아려. 은퇴하면 생리지에에 가서 살 꿈에 부풀어서 말이야. 너도 나처럼 우리가 나이를 먹어 할아버지 할머니가 되더라도 아빠 엄마가 여전히 살아 계시리라 생각하는 거지? 우리도 죽을 거라는 생각은 해?

약속할게, 우리 생리지에에 가서 함께 늙어가자.

네 발음엔 남서 지방의 억양이 섞여 있어. 나도 마찬가지지만 난 장소와 상대에 따라 파리 말을 쓰기도 해. 하지만 말을 한다는 것 자체가 이미 투쟁인 너에게 두 가지 억양을 구사하기란……

넌 매일 저녁 부모님의 집에 식사를 하러 가고 나 역시 매일은 아니지만 심심찮게 들르지. 어렸을 때처럼 말이야.

우리 가족의 사각형은 더는 모서리가 부서져 있지 않아.

넌 매주 화요일마다 축구 경기 중계나 〈한 명의 챔피언을 위한 퀴즈〉를 시청할 때를 제외하고는 아빠와 스크래블 게임을 해. 그러고는 너무 늦지 않게 꼬박꼬박 밤 열시쯤 너의 원룸으로 돌아가지. 열시 반에 취침하기 위해서 말이야. 길로 나선 네가 육층 베란다를 올려다보면 엄마가 손을 흔들며 네가 떠나는 모습을 지켜봐. 아빠가 출근하실 때처럼. 넌 귀가할 때 조심하지만 난 늘 걱정스러워.

잘 가, 필로. 내일 봐.

장애인고용지원센터에서 넌 진정한 친구를 사귀었어. 딱 한 명. 이름은 제롬이야. 너와 제롬은 매주 금요일마다 함께 점심식사를 해. 더러 토요일에도 만날 때가 있는데 미리 알리지 않으면 엄마가 불안해하고, 그럴 때면 난 몽파르나스 역 사건이 떠올라. 네 머릿속엔 미리 알려야 한다는 개념이 없어. 너와 제롬은 더치페이를 하지 않고 번갈아 한 주씩 밥을 사고, 생일이면 서로에게 선물을 하지. 너와 제롬은 놀랍고 멋진 한 쌍이야. 누구랄 것 없이 발음도 불분명하고 더듬거리지만 서로가 상대의 말을 완벽하게 이해하지.

아빠와 엄마 두 분이서만 여행을 떠난 어느 금요일 저녁, 넌 다음날 제롬과 함께 점심식사를 하고 싶다고 내게 말한 뒤 그렇게 되면 내가 혼자가 되리라는 사실을 깨달았어.

“아니야, 안. 내일 점심 너랑 먹을게.”

귀여운 오빠.

“이러면 어때? 제롬에게 우리 셋이서 함께 식사하자고 하면? 좋지?”

너의 얼굴이 환하게 빛났어.

“알았어, 안. 그러자, 제롬에게 셋이서 함께 식사하자고 말할게!”

제롬과 너와의 점심식사는 묘했어. 달나라에 앉아 있는 기분이랄까.

너와 제롬은 끊임없이 재잘거렸지만 난 단 한 단어도 알아듣지 못했어.

내가 어리둥절한 표정으로 돌아보자 네가 통역을 하기 시작했지.

암호가 있었어. T가 들어가는 단어에 T 대신 다른 자음들을 집어넣는 거였지.

제롬이 너보다 더 빠릿빠릿했어. 티토프라는 남동생을 매우 자랑스러워하는 눈치였고. 하지만 남동생이 노르망디에 사는 탓에 그리 자주 만나지는 못하는 것 같았어.

너도 내가 자랑스러울까?

토요일 아침이면 너와 제롬은 함께 정보센터에 가고, 주중에 장애인고용지원센터에 갈 때도 네가 중간에 제롬을 데리러 가서 함께 가지. 넌 제롬이 시킨 거라고 하면서도 기꺼운 눈치야. 그러려면 이십 분 더 일찍 출발해야 하고 네가 제일 좋아하는 신설 지하철 노선인 14호선을 못 타는데도 말이야. 넌 참 순순한 사람이야. 금요일 오후엔 제롬이 음악을 들으러 너의 집으로 가는데, 돌아갈 땐 그가 글을 읽을 줄 모르는 관계로 네가 함께 지하철을 타고서 15구에 있는 그의 기숙사까지 데려다주지. 너와 제롬은 서로를 완벽하게 보완하고, 넌 정말 멋진 친구야.

넌 전화를 받을 땐 무조건 "여보세요, 엄마?"로 시작해.

효율적인 세금 관리에 대해 설명하려고 은행 직원들이 너한테 전화를 걸었다가 지을 어리둥절한 표정이 눈에 선해.

장애인고용지원센터에서는 일정 기간 동안 일할 수 있도록 너를 정기적으로 기업에 알선해주고, 알선이 성사될 때마다 너는 뛸 듯이 기뻐하지. 우리도 마찬가지야. 대개는 컴퓨터 관련 업무인데 넌 채용될 때마다 더없이 의기양양한 표정으로 우리에게 소식을 전해. 우리도 너무나 자랑스러워. 네가 잘 헤쳐나가고 있고 장애인고용지원센터에서도 널 신뢰하나보다고 여기지.

기업들이 보다 많은 장애인들을 고용했으면 좋겠어. 지적 장애인들을. 그럼 세금도 덜 낼 텐데. 기업들이 고용에 들이는 엄청난 비용과 출근하면서 네가 얼마나 행복해하는지를 생각하면, 외려 장애인을 고용하지 않는 게 어리석다고 여겨지거든.

이젠 우리도 어른이 되었으니 가벼운 마음으로 함께 생리지에로 휴가를 떠날 수 있어. 파리로 돌아올 땐 네가 나보다 훨씬 더 마음이 무거워지지만. 우리는 기차에서 포커나 블로트 게임을 하며 시간을 보내. 장이 없으니 내가 속임수를 쓸 수는 없지만 우리는 변함없이 까르르거리지. 나와 함께 여행할 때는 네게 닥칠 일이 아무것도 없어.

아빠와 엄마가 생트로페로 여행을 가면 우리 둘만 파리에 남아. 넌 정확히 저녁 여덟시에 내 집에 도착하지. 난 늦지 않기 위해 업무 시간을 맞춰보지만 더러 그게 여의치 않을 때가 있고, 그런 날이면 넌 문 앞에서 기다리다가 미소로 날 맞아줘. 제시간에 온 것을 거의 미안해하면서 말이야. 네가 기다리는 사람들이 늦어질 때 벌어질 수 있는 일을 알기에 난 자책감에 빠져.

화요일에는 저녁식사 후에 주사위 게임을 하는데 더러 세실과 세실의 남편 기욤이 와서 가세하지. 넌 늘 세실을 좋아했고 세실도 그건 마찬가지야. 비록 지금은 너 이외의 다른 남자에게도 미소를 보이지만.

오빠 넌 나와 단둘이 있을 땐 이루 말할 수 없이 상냥하고, 난 그 순간이 좋아. 정말로. 그 순간은 우리 둘만의 시간이고 네가 온전히 내 차지니까. 넌 얼굴 한 번 안 찡그리고 내가 시키는 대로 다 해. 올바르게 샤워를 하고, 내가 식탁을 차리고 치우는 것을 돕지. 너의 얘기는 끊임이 없어. 정말 말하는 기계가 따로 없다니까. 더러 네 얘기에 물릴 대로 물리면 사실대로 얘기를 하지. 네 얘기는 주로 하루 일과와 제롬에 대한 거야.

네 옷도 내가 골라줘. 넌 멋지게 차려입는 걸 좋아하지. 이제 선생님은 나이고 넌 내 애제자인 거야. 난 그 순간을 만끽해. 그러다가도 엄마가 돌아오시면 네 관심은 온통 엄마에게 쏠리니까. 난 거의 투명인간이 돼버리지.

아빠와 엄마가 생트로페나 생리지에에 가 계실 때는, 네가 전화를 받으며 유일하게 "여보세요, 안?"이라고 대답하는 때이기도 해.

아빠와 엄마가 안 계실 때의 우리 모습은 어떤 면으로는 앞으로 살아갈 우리의 모습이라고 할까, 그저 그런 생각이 들어. 넌 네 집에, 난 내 집에 살며 낮엔 각자 일하다가 저녁에 만나는 생활. 별로 어려울 것 없어 보이는걸. 난 마음에 들어. 하지만 내가 널 돌보는 건 일시적일 뿐이야. 잠깐잠깐 임시로 돌보는 것뿐이지. 아직은 아빠가 행정적이고 법적인 문제를 책임지고 엄마가 자잘한 일상을 도맡고 계시니까.

오빠 넌 여전히 요구르트를 좋아하고 난 여전히 프티쉬스를 싫어해.

하지만 넌 더이상 네스퀵 코코아에 각설탕을 여섯 개씩 넣지는 않아. 콜레스테롤 수치가 높기 때문이지.

아빠는 더는 옛날이야기를 해주시지 않지만 우리는 함께 그 옛날을 떠올려. “늑대, 늑대, 늑대!”

지금은 라파예트 백화점이 된 오스만 대로의 쇼핑센터 앞을 지날 때면 아직도 너의 작은 목소리가 들리는 듯해서 티누프를 찾게 돼.

넌 시골집 분위기를 풍기던 예쁘고 작은 집을 떠나 우리에게서 멀지 않은 곳에 있는 쾌적한 아파트로 이사했어. 나도 너와 같은 해에 이사했지만 그래봤자 살던 데서 몇 걸음 떨어지지 않은 곳이야. 여전히 바그람 로의 마당 맞은편 건물에. 넌 이번에도 매우 극성스럽고 이해심이라곤 찾아볼 수 없는 이웃을 만났지만 얼마 못 가 이사가버려서 이제 더는 널 성가시게 할 사람이 아무도 없어. 비록 네 쪽에서 더러 시끄럽게 굴며 이웃들을 성가시게 할 테지만.

네가 마구 소리를 지를 때가 있거든. 그것도 아주 크게. 왜인지, 어떻게 난리가 나다가 잠잠해지는 건지는 알 길이 없어.

난 네가 소리를 지른다거나 주먹으로 네 허벅지를 마구 두들긴다거나 엘리베이터 안에서 혼자 중얼거릴 때가 싫어. 그래서 윽박지르거나 제지하지만 이내 후회하지. 너도 어쩔 수 없다는 걸 잘 아니까. 그 모든 것에 이성의 자리는 없거든. 하지만 나 또한 어쩔 수 없을 때가 있어. 아직도 나도 모르게 네가 정상이었으면 하고 바라는 날들이 있거든.

네가 내 여자친구들한테 들러붙을 땐 화가 나 미칠 것 같아. 그걸 질투라고 하는 거겠지. 틀림없이.

나와 함께 있을 때의 넌 엄마와 있을 때나 다른 여자들하고 있을 때하고는 달라. 네게 나는 정말 무엇인지, 네 눈에 난 어떤 존재로 비치는지 모르겠어. 따지고 보면 넌 나와 거리를 두는 것인데. 내게 상냥하긴 하지만 다정하진 않지. 같이 있긴 하지만 나한텐 껌딱지 필로가 아니라고. 종종 고집불통이기도 하고. 난 곁에 있어도 네 눈에 보이지 않아.

어쩌면 너한테 우애란 그런 것일지도 몰라. 그래도 조금은 서글퍼. 아무튼 난 네 엄마도 여자친구도 아니거든. 난 네 여동생이란 말이야.

하지만 단둘이 있을 땐 사정이 달라. 그땐 내가 너의 모든 것이지.

종종 널 데리고 콘서트나 럭비 경기를 보러 가. 네가 좋아하니까 기꺼운 마음이면서도 난 늘 조심스러워. 너랑 같이 다닐 때 다른 사람들의 시선을 의식하지 않을 수 없거든. 내 친구들의 시선까지 포함해서. 아니, 특히 내 친구들의 시선이 신경쓰이지. 어린 시절 이후, 다 커서 사귄 친구들 말이야. 그들 눈에 네가 완벽했으면 좋겠는데 그렇지 않거든. 완벽한 장애인이란 존재하지 않아. 특히 완벽하다는 게 정상을 의미한다면. 완벽하기는커녕 최악일 때가 있지.

난 아직도 가끔은 네가 세상의 모든 여동생들이 부러워하는 오빠였으면 하고 바랄 때가 있어.

툴루즈 팀이 트라이를 성공시키면 넌 고함을 질러대. 기뻐하다못해 사방으로 손을 흔들고 가까이 있는 내 여자친구 한 명에게 자석처럼 들러붙지.

또 르노 콘서트에 가면 르노의 노래를 들으며 리듬에 맞춰 몸을 흔드렁거려. 급격하고 불규칙적이고 정신없는 자신의 몸짓엔 아랑곳없다는 듯. 그런 너를 보자면 독한 마약에 취한 히피가 떠올라. 넌 음악에 살고, 순간에 사는 거야. 어쨌든 넌 살아. 다른 건 중요하지 않아.

널 데리고 이런 식의 외출을 하다보면 어떨 땐 너에 대해 나보다 외려 남들이 더 쿨하다는 느낌이 들어. 나 또한 완벽한 인간이 아니야. 나도 아직 갈 길이 멀다고.

네 여행 사진들을 꼼꼼히 살펴보았어. 그리 멋있다고 할 수 없는 사진들. 너와 네 친구들은 한눈에 봐도 장애인의 외모야. 도저히 아니라고 할 수 없게. 넌 어느 사진에서나 오만상을 짓고 있지. 그 사진들은 내 친구 중에서도 특혜받은 극소수만이 볼 수 있어. 난 너의 어릴 적 사진들이 더 좋아. 흔들 목마에서 찍은 것만 빼놓고.

넌 나이를 먹지 않는 것 같아. 거의 열다섯 살 때 모습 그대로야. 흰머리도 한 올 없어.

넌 양치질을 올바로 못해서 아빠가 한소리 하게 만들지. 목욕도 마찬가지고. 특히 등을 잘 못 닦지. 하여간 칫솔과 목욕장갑을 쓰는 데는 젬병이라니까.

하지만 지하철 노선은 손바닥 들여다보듯 훤히 꿰고 있어. 모든 노선과 환승역을. 또 프랑스 전국의 각 시도며 도청 소재지와 군청 소재지도 꿰고 있지. 사전과 해마다 새로이 발행되는 『퀴드』 백과사전이 네가 가장 좋아하는 읽을거리잖아. 매년 받고 싶은 크리스마스 선물도 『퀴드』 개정판이고. 넌 커다란 스프링 공책에 무수한 숫자들을 촘촘한 선으로 연결해서 열과 횡을 맞춰 적어놓는데, 우리는 그게 무엇을 뜻하는지 알 길이 없고 너한텐 결코 시원한 설명을 들을 수 없지. 여하튼 넌 계산기들로 미국항공우주국의 연구원처럼 계산을 해. 계산기가 적어도 열 대는 될걸. 계산기들의 숫자가 죄다 천만 자리 이상은 되어야 직성이 풀리지. 넌 벌써 오래전에 태양계를 떠난 것이 아닐까. 넌 캐나다 오타와며 북프랑스 모뵈주의 인구수도 알고, 자동차 번호판에 쓰인 그해의 알파벳이 무엇인지도 알아. 내 자동차 번호판이 Q로 시작된다는 것을 알았을 때 우리는 실망했지. 넌 무척 재미있어했지만.

넌 헤아릴 수 없이 많은 음반을 낸 샤를 아즈나부르도 기죽을 만큼 많은 음반을 소장하고 있어. 너의 음반 컬렉션엔 그야말로 없는 음악이 없지. 클래식, 록, 레게, 재즈. 특히 조니 할리데이의 팬이라 그의 앨범은 빠짐없이 갖추고 있어. 심지어 편집 앨범까지 사 모으다보니 어떤 타이틀은 앨범이 두세 개씩이나 되지. 어릴 때 함께 즐겨 들었던 클로클로와 조 다생의 엘피판도 아직 있잖아.

넌 아빠와 자동차 박람회에 가는 것을 좋아하고, 리스 광장에서 페탕크 놀이 하는 것을 좋아해. 생트로페에 가면 바닷가에 말뚝처럼 우두커니 서서 몇 시간이고 하염없이 바다를 바라보지. 오죽하면 일사병까지 걸렸을까. 네 상반신 전체가 세례 때 받은 동그란 메달 자리만 하얘진 채 햇볕에 토마토처럼 빨갛게 익었던 때가 기억나.

넌 TF1 채널의 여덟시 뉴스 직후에 방송되는 일기예보를 무슨 일이 있어도 놓치지 않아. TF1의 일기예보는 타르브 지역의 기온을 알려주는데 타르브와 생리지에의 기온이 똑같기 때문이지. 기상캐스터 에블린 델리아가 눈이 내리겠다고 예보하기라도 하면 네 눈은 금세 별이 되어 반짝거려.

야니크의 소식이 끊긴 뒤로, 넌 슬퍼하며 이따금 야니크 얘기를 꺼내곤 해. 넌 기억력이 엄청나게 좋고 우정이 깊은 사람이야. 이젠 더는 야니크와 함께 휴가 여행을 떠날 수 없고, 그가 산에 데려가겠다고 몇 번이나 약속했을지라도 지금은 너를 '잊었다'고, 그와는 어차피 오래갈 수 없었다고 설명하긴 했지만, 네가 정말 이해했는지는 모르겠어. 너의 세계는 단순한 것들과 단순한 상황들로 이루어졌는데, 그건 너무 복잡하거든.

야니크가 죽지 않은 이상 왜 더는 그를 만날 수 없는지 너로선 이해할 수 없는 거지.

어느 날 저녁, 네가 안절부절못하는 기색이었어. 평소보다 더 세게 쾅 소리를 내며 문을 닫고는 그보다 더 세게 네 허벅지를 두들겨댔지. 무슨 일이 생긴 게 분명해 보였어. 내가 영문을 물었지.

"제롬이 노르망디로 떠나."

"그게 무슨 말이야, 떠난다니? 주말에 여행 간다고?"

넌 단어를 찾으려 애썼어. 여전히, 그리고 영원히. 어떻게 설명해야 할지 몰라 넌 갈수록 불안한 표정이 되었지.

"아니. 영영."

이런 젠장. 난 말을 잃었어.

"영영이라니? 정말이야?"

"어, 응…… 부모님이랑 살러 간대."

"언제?"

"8월에."

그렇게 빨리! 네 눈동자에 공포가 어렸어. 고장난 저울 바늘처럼 눈동자가 이쪽저쪽으로 마구 돌아갔지.

"안, 내 아파트를 팔면 얼마일까?"

난 기가 막혀서 널 쳐다봤어.

"음…… 글쎄…… 왜 그런 걸 물어, 필로? 아파트를 팔려고?"

"응, 나도 노르망디로 가려고."

제롬의 생각이었을 거야. 틀림없어. 둘이 점심식사를 하며 그 모든 걸 계산해봤을 거야. 넌 제롬의 말이라면 무조건 들으니까.

네 목소리엔 절망감도 서려 있었어. 너의 절망감. 왜 변해야 하는 거지? 이대로 좋은데 왜 단순한 모든 것들이 좋고 단순한 채로 남아 있지 않는 거지?

너와 제롬의 생각이 황당하긴 했지만 난 네 머릿속을 휘젓고 있을 혼란이 이해됐어. 둘도 없는 친구가 떠난다는 생각이 네 머릿속과 마음에 일으켰을 일대 지진이. 그런 너를 생각하니 정말 슬펐어.

난 제롬으로서도 가족과 함께 사는 게 좋을 거라고 설명하려 애썼어. 또한 집에는 남동생 '티토프'도 있지 않느냐고, 비록 네가 있었더라도 기숙사에서 혼자 외로웠을 거라고, 너도 우리와 함께 살면서 행복해하지 않느냐고, 넌 그를 따라가서 살 수 없다고, 우리를 떠날 수 없다고 말이야. 우리를 떠나고 싶어?

"어, 아니."

거봐. 하지만 네 반응은 이해돼, 이건 부당해. 네게도 처음으로 마음 맞는 진정한 친구가 생겼는데 헤어져야 하다니. 정말 타고난 운이 없다니까. 더구나 이번으로 끝이 아닐 거야. 하지만 너와 제롬은 다시 만날 수 있어. 주말에 네가 노르망디로 가도 되고 제롬이 널 만나러 파리로 와도 되잖아. 완전히 헤어지는 건 아니니야.

비록 모든 게 전과 같진 않겠지만. 토요일의 점심식사. 금요일 저녁 네 집에서 오붓하게 즐기던 음악 감상. 정보센터. 제롬과 함께 있고 집에 데려다주기 위해 에둘러 돌아가던 먼길. 넌 그러기 위해 일찍 일어나야 하는 것쯤은 개의치 않았지. 이제 모든 것이 변할 거야. 나도, 너도, 그걸 잘 알지. 그리고 어쩔 수 없다는 것도.

초록색 뜨개옷을 입은 노란색 곰 인형은 생리지에의 네 침대에 고이 모셔져 있어. 거기서 누려 마땅한 은퇴 후의 휴식을 취하고 있지. 곰 인형도 이젠 꽤 나이들었어. 눈알은 대롱거리고 귀는 닳아버렸지. 곰 인형도 우리와 함께 학교 놀이를 하던 그 시절이 그리울까?

생리지에에서는 여름이면 매일 저녁 넌 오랜 이웃인 자노 아줌마와 그녀의 아들 프랑수아와 함께 페탕크 놀이를 해. 집 앞 길가 한가운데서. 그들은 네가 이 연례행사를 얼마나 좋아하는지 아는지라 결코 거르는 법이 없지. "체크! 체크!"* 너와 자노 아줌마와 프랑수아의 고함소리가 마을 아래까지 들려. 아마 할머니와 비누 이모조차 "아, 체크네!"라고 외칠걸. 난 공들을 으스러뜨리지 않도록 차를 지그재그로 몰며 차 지붕에 행여 공이 날아올세라 조심하지.

넌 새로 들인 새끼 고양이 카넬이 말썽을 부리면 자지러지게 웃어대. 너도 고양이를 좋아하지.

넌 여행을 가면 잊지 않고 어김없이 내게 엽서를 부쳐. 난 그것들을 모두 간직하고 있어.

넌 정말 상냥한 사람이야.

엄마도 이젠 좋아지셨어. 내 생각이지만 어쨌든 그래. 아주 오래전에 고통의 수렁에서 빠져나오셨지. 잊기는 어렵지만 나도 더는 엄마를 원망하지 않아. 엄마는 곱게 늙으신 편이지만 기운이 빠져 있을 때가 잦아. 이제 더는 서른여섯 살도 아니고 아름답지도 않지. 하지만 엄마는 엄마야. 아직도 언젠가는 엄마가 더는 이 세상에 없으리라는 것이 상상이 안 돼. 내게 엄마는 영원불멸이야. 결국 엄마는 영원히 서른여섯 살인 게 아닐까?

난 생각보다 더 엄마를 우러르는 마음이 있었던 것 같아. 내가

---

* 페탕크 놀이에서 쇠공을 던져 나무 공을 맞히고 그 자리를 차지했을 때를 말한다.

엄마였다면, 엄마가 겪어야 했던 것들을 겪었다면 견뎌낼 수 있었을지 자신이 없어. 간혹 실의에 빠졌던 순간들은 중요하지 않아. 엄마는 원래 천성이 밝은 사람이야. 아빠와 내가 오만상을 지으면 엄마는 늘 웃음을 터뜨리셔. 네가 그러면 물론 더하지. 너도 괴물 흉내를 잘 내거든. 아무래도 오만상을 잘 짓는 건 집안 내력인 것 같아. 엄마는 우리의 열렬한 팬이야. 우리를 너무나 사랑하지.

넌 엄마를 닮았어.

넌 감정을 표현하지 않아. 너도 네 감정을 모르니까. 하지만 우리는 네 표정을 보면 알 수 있지.

사 년 전, 아빠가 돌아가실 뻔한 적이 있었어. 어쨌든 난 정말 돌아가시는 줄 알았거든. 심장 발작이 일어났는데 나도 심장이 멎는 기분이었어. 아빠는 더는 영원불멸하지 않아. 그건 명백한 사실이지. 난 이제 그걸 알지만 너도 아는지는 모르겠어. 하지만 넌 아빠가 병원에 가시는 걸 좋아하지 않아. 단순히 심장 정기검진을 받으러 가시는 것조차. 난 아빠가 쓰러지셨을 때 따귀를 한 대 얻어맞은 기분이었어. 별안간 어른으로 건너뛰어버렸지. 난 비척거렸지만 다시 일어섰어. 나의 역할과 이만큼 흘러버린 세월을 비로소 똑바로 인식한 거야. 작은 병정, 일어나.

난 학업을 다시 이어갔어. 할머니의 표현대로 '판사 공부'를 했고, 석사 학위를 취득했지. 너한테 말하지 않았던 얘기야. 난 아빠처럼 글 쓰는 사람이 되었어. 기자증도 있다고. 난 법률 전문 기자야. 난 더는 무력하지 않아. 어쩌면 아빠도 날 자랑스러워하시지 않을까.

난 모든 것이 좀 굼떠. 너처럼. 내 삶을 너한테 맞추거든. 네 리듬을 따르지. 이럭저럭. 하지만 목표를 이뤄나가고 있어. 너처럼. 이럭저럭. 꿈은 끈질긴 거야. 어떤 사람들에겐 말이야. 그 옛날 방송국에서 날 맞아주었던 나의 역할모델 파트리크 푸아브르 다르보르에게 윙크를 보낼래.

난 더이상 작사를 하지 않아. 대신 다른 이들이 쓴 노래를 부르지. 일 년에 한 번 생리지에에서. 여름마다.

아빠가 진두지휘하는 유일한 콘서트. 아빠는 젊을 때 음악을 굉장히 많이 하셨어. 재즈 트럼펫을. 우리는 아무래도 아빠의 영향을 많이 받은 것 같아.

우리는 비뉴 드 레베셰 언덕의 수천 년 된 바위와 플라타너스 나무 그늘에서 콘서트 연습을 해. 더러 우리의 노래를 듣기 위해 발길을 멈추는 관광객들도 있지.

"안, '시 플랫'으로, '시 플랫'으로……"

"'시 플랫'이라고 하면 제가 어떻게 알아들어요? 못 알아듣는다는 거 뻔히 아시면서! 차라리 음을 들려주세요."

아빠는 어떻게 '시 플랫'을 못 알아들을 수 있는지 이해 못하시지. 그도 그럴 것이 당신이 직접 음계를 가르쳐주셨으니까. 난 음악 이론이 싫어. 수학도 라틴어도. 아빠가 음을 들려주시지. 트럼펫이 아닌 기타로. 기타가 더 전달하기 쉽거든.

"어때? 내가 음을 너무 높게 잡았나?"

난 음을 너무 높게 잡아 노래하는 게 싫어. 꼭 코미디 영화 〈할아버지가 레지스탕스가 되셨다〉에 오페라 가수로 나오는 자클린 마양이 된 기분이 들거든.

"'라'로 한번 해볼래?"

우리는 '라'로 다시 연습해. 난 엘라 피츠제럴드*처럼 노래하고 싶어.

아빠가 나더러 노래를 잘한다고 하셨으니까 아마 그게 맞는 말일 거야.

넌 때맞춰 여행에서 돌아와 콘서트를 관람하지. 늘 첫줄에 장과 나란히 앉은 루이제트 이모와 엄마 사이에 앉아 리듬에 맞춰 의자를 흔들면서. 내가 노래를 마치면 너는 누구보다 크게, 누구

---

* 미국 재즈 가수(1917~1996).

보다 오랫동안 박수를 쳐. 넌 나의 가장 훌륭한 관객이야.

이것 역시 오래된 끈질긴 꿈이야. 바로 그 때문에 내가 십 년마다 파트리크 브뤼엘의 생일을 축하하는 걸 거야. 하지만 이제 그만둘까 해. 이런 어린애 같은 짓을 하기엔 내가 너무 나이들어 버렸거든.

언젠가 사샤와 함께 저녁식사를 했어. 사샤와 나는 초등학교 시절부터 물감을 나눠 쓰고 서로의 실습복에 물감칠을 하던 사이야. 신발끈을 매는 법도 함께 배웠지.

"엄마, 사샤네 집에 가서 자도 돼요? 제발 엄마, 허락해주세요, 네? 엄마."

사샤 덕분에 난 만화의 세계에 입문했어. 특히 가스통 라가프를 알게 됐지. 또 사샤의 아버지 덕분에 막스 브라더스*를 좋아할 수 있게 됐어. 그분이 늘 우리를 데리고 맥마옹 로의 자그마한

* 1900년대부터 1950년대 즈음까지 미국에서 활동한 가족 코미디 예능 단체.

고전영화 상영관에 데려가주셨거든. 사샤는 지금은 뉴욕에 살지만 파리에 올 때면 잊지 않고 꼬박꼬박 내게 전화를 해.

그날 사샤의 남편을 처음으로 만났어. 엘리엇이라고 스코틀랜드계 미국인인데 베를린에 푹 빠진 사진가야. 내 영어가 너무 엉성한지라 분위기가 괜찮을지 의문이었어. 더듬거림과 인내의 시간이었다고 할까. 말이 너무 복잡해지면 사샤가 통역을 했는데, 그런 경우가 빈번했지. 그 때문에 재미난 오해도 허다하게 발생했어. 게다가 우리가 홀짝인 와인까지 한몫했으니, 우리가 연출해낸 식사 자리가 그리 논리정연할 리 없었지. 어느 면에서는 우디 앨런의 영화 같았다고 할까. 엘리엇은 우디 앨런을 질색했어. 그의 영화가 자신의 삶과 너무 똑같다나. 그들을 조만간 다시 만날 수는 없겠지만 괜찮아. 우리가 다시 만날 때마다 시간이 멈춰 있을 테니까. 그저 사샤의 머리칼 몇 올이 더 하얘졌을 뿐이겠지. 내 머리칼도 마찬가지고.

난 영화관에 가는 일이 없어. 클린트 이스트우드의 영화를 상영할 때를 제외하고는.

대신 몇 해 전부터 두 달에 한 번, 아빠와 함께 오페라를 감상하러 가. 엄마는 〈피가로의 결혼〉의 피가로와 무대에서 반쯤 벗은 〈라 보엠〉의 미미를 보는 것에 물릴 대로 물려서 기권하셨지.

아빠는 1막이 끝나기 전쯤 잠드는 버릇이 있는데, 훌륭한 음악을 들어야 잠을 잘 잘 수 있다는 게 아빠의 지론이야.

내게는 친구들이 있어. 몇 안 되는 소중한 친구들. 오래전부터 쭉 같은 얼굴들이지. 레나와 세실. 릴라와 뱅상. 에마. 루. 마리우스. 리자. 마리. 또다른 재구성 가족.

우리가 서로 주고받은 이메일이 1톤은 될 거야. 이걸 보고 웃을 사람은 우리밖에 없는, 그야말로 괴상야릇하고 황당한 내용들의 집합체. 그리고 사랑과 우정이 가득한 편지들도 1톤은 되지.

내 마흔 살 생일에는 단골인 르발루아 카페에서 파티를 했어. 우리는 꽤 여럿이었고 무척이나 흥겨웠지. 장과 생리지에의 친구들까지 특별히 왔어. 파리 친구들은 물론이고. 우리는 내가 아홉 살 때부터 외우고 있는 클로클로의 〈알렉상드리, 알렉상드라〉 디스코 안무에 맞춰 다 함께 춤을 추었어.

난 언제나 이렇게 함께해주는 친구들에게 감사를 표하기 위해 바바라의 〈내 가장 아름다운 사랑 이야기〉를 불렀어. 노래를 부르는 내내 목소리가 떨리고 목이 메어왔지. 벅찬 감동의 순간이었어. 내 작전이 멋들어지게 성공한 것 같아. 비밀을 잘도 감췄지.

그런데 세상에! 내 노래가 끝나자 이번엔 친구들이 〈화창한 마흔 살〉을 부르는 거였어. 레나와 세실이 클로클로의 〈화창한 월요일〉 가사 중 몇 군데만 살짝 바꾼 노래였지. 친구들은 목이 터져라 노래를 불러댔어. 벅찬 감동의 순간이었어. 눈물이 주체할 수 없을 만큼 펑펑 쏟아졌지. 친구들의 작전이 멋들어지게 성공한 것 같아. 비밀을 잘도 감췄지.

나를 놀라게 한 비밀이 한 가지 더 있었어. 릴라가 정성껏 준비한 분홍색 스프링 공책에 페렉을 흉내내어 모두들 각자의 '나는 기억한다'*를 내게 적어준 거였어. 나는 더 많은 눈물을 펑펑 쏟았어. 특히 레나의 '나는 기억한다'를 읽었을 때는 그야말로 울음바다였지.

나는 우리 여자친구끼리의 만남이 좋아. 함께 샴페인을 마시는 시간이. 비록 샴페인 체질이 아닐지언정. 나는 미친듯이 웃으

---

* 1978년에 출간된 조르주 페렉의 에세이로, '나는 ○○을 기억한다'라는 형식의 480개 단상들로 이루어져 있다. 페렉에 따르면 10세부터 25세까지의 기억, 즉 1946년부터 1961년 사이의 기억이라고 한다. 예컨대 "나는 피델 카스트로가 변호사였던 것을 기억한다", "나는 '진지한 소'('웃는 소'(래핑카우) 치즈 회사에 고소당해 패소 판결을 받았다)라는 상표의 치즈가 출시되었던 것을 기억한다", "나는 드골이 정권을 잡고 나서 처음으로 취한 조치 중 하나가 군복의 허리띠를 없앤 것임을 기억한다" 식이다.

며 꽥꽥 질러대는 우리의 비명소리가 좋고, 각자의 헤어진 남자 친구 얘기를 재잘거릴 때가 좋아. 교내 식당에서 점심을 먹고 나가는, 내가 한눈에 반한 잘생긴 금발 청년을 릴라와 내가 자동차로 미행한 얘기를 백번도 넘게 했으면서도 또 늘어놓을 때가 좋고, 친구들이 다 같이 생리지에에서 만날 때가 좋아.

또한 친구들이 나와 멀어지는 일은 결코 없을 거라는 믿음이 있다는 것이 좋아. 나와 필로 너, 우리와. 나중이 되어서도 말이야.

난 엄청 명랑한 여자이기도 해.

오래전부터 죽음에 대해 생각한 덕분에 외려 사는 맛을 알았어. 여러 가지 사는 맛을.

나의 다섯 대자代子들도 그걸 알지. 아마 그 때문에 그애들이 날 좋아하는 게 아닐까. 그애들도 그렇게 말하기도 했고. 폴은 내가 신부에 대해 험담을 하면 아주 좋아해. 폴의 모친인 마리는 덜 좋아하는 것 같지만. 그녀는 피식 웃으며 날 이단자 취급하지.

"이런 널 주님 앞에서 내 아들의 대모로 삼은 걸 생각하면 내가 정말!"

꽉 찬 여섯 살인 귀여운 블랑슈는 종종 생각에 잠겨 날 바라봐. 이 아줌마 머리가 약간 어떻게 된 거 아냐 하는 의문스러운 눈빛이지. 다 가족이야. 난 가족 구성원 중에 꼭 하나씩 있는 괴짜 어른이고.

난 장애인 관련 법 전문가가 되고 싶어. 쓸모가 있을 테니까. 필요한 순간에 준비돼 있기 위해 지식을 쌓고 있지. 내가 역할을 제대로 해내지 못할까봐 몹시 두려워. 언젠가 내가 아빠를 대신해 행정적이고 법률적인 문제를 도맡아야 할 날이 불가피하게 올 테니까. 엄마를 대신해서는 일상적인 문제를 도맡겠지.

네 은행 계좌며 사회수당이며 여러 가지 활동, 직장, 휴가 여행, 은퇴 후에 할 일 등이 죄다 내 차지가 될 거야. 그 와중에 내 문제도 걱정해야겠지.

우리가 어디서 살 건지, 어떻게 살 건지.

성가신 이웃들, 장애인고용지원센터의 미용사 지망생들, 호전적인 동료들, 센터 선생들.

너에게 해를 가하거나 너를 피하는 낯선 사람들.

약 복용, 자전거 낙상 사고, 교통사고, 기차역 플랫폼에서의 실종.

땅거미가 지고 난 뒤의 밤. 난 어둠이 무서워. 일곱 살이 된 다음날 부엌에서의 그 일 이후로.

내가 그 모든 것을, 널, 감당할 수 있을까? 아빠와 엄마까지 죄다? 의문을 갖지 않을래. 해낼 수 있을 테니까. 그냥 그런 거니까. 우리 식구는 항상 함께했으니까. 그래도 의문은 생겨. 내가 그 모든 것을 감당할 수 있을까?

난 장애인가족협회 사람들과 절대로 가까워지고 싶지 않았어. 내 성향이 투사와는 거리가 멀거든. 난 군중이 싫어. 비사교적인 편이지.

아빠는 떡갈나무야. 무수한 뿌리와 가지가 달린. 언제나 모든 것을 아시지. 아빠는 몹쓸 태풍에 휘우뚱거렸지만 다시 일어서셨어. 우리는 아빠의 나무 이파리 그늘 아래서 단단한 기둥에 기대앉아 마음을 푹 놓고 있어. 비, 바람, 추위 따위에도 끄떡없다고, 그렇게 믿고 싶어. 너와 나, 우리는 아빠에게 영원히 팔을 둘러 매달리고 싶어해.

우리 세 자식 중에서 아빠가 가장 탄복하는 아이는 아마 너일 거야. 난 왜 그런지 알아.

너 역시 너의 '빠빠'를 좋아해.

나의 미래이기도 한 너의 미래에 대해 아빠와 의논했어. 아빠는 날 믿어도 좋겠다고 생각하시는 것 같아.

우리는 네 휴가 여행도 함께 계획해. 장애인 그룹 여행을. 몇 년 전부터는 내가 직접 여름 여행 출발 장소로 널 데려다주고 있어. 툴루즈로. 난 먹먹한 가슴으로 널 떠나보내. 네가 행여 보살핌을 잘 받지 못할까 두려워서. 하지만 넌 흐뭇한 눈치야. 그곳 간사들도 대부분 여자거든. 넌 순식간에 끈적끈적한 풀통으로 변해버려. 왕껌딱지 필로. 넌 새로운 만남을 거북해하지 않아. 특별히 애쓸 필요 없이 자연스럽게 녹아들지. 새로운 상황에도 마찬가지야. 비록 적응할 시간이 약간은 필요하겠지만. 왜냐하면 넌 이전 여행지에서 함께했던 사람들이 계속해서 함께할 거라 믿으니까. 그렇지 않다고, 다시 새로운 사람들을 만날 것이고, 그들 또한 먼저 만났던 사람들과 마찬가지로 좋은 사람들이라고 설명을 해줘야 하지. 그럼 넌 잠시 생각하다가 "어, 알았어"라고 대답해. 그걸로 그만이지. 넌 워낙 사교적이고 원만한 성격이고, 난 그 점에 문득문득 놀라. 나보다 네가 훨씬 더 사교적이거든. 넌 친구를 금세 사귀고, 어디를 가든 있는 그대로의 널 받아들이게 만들지. 넌 남들보다 뛰어나지도, 그렇다고 못하지도 않아. 넌 다르지 않아. 남들과 똑같아.

그리고 그 순간부터 난 존재하지 않아. 넌 다른 사람이 되어버리고 네 삶은 다른 데 있지. 거기에 내 자리는 없어.

하지만 난 네가 엽서를 보내리라는 것을 알아.

네가 다니는 장애인고용지원센터에서 내 생일을 모르는 사람이 없는 것처럼 말이야. 넌 잊지 않고 내 생일을 축하해주거든. 엄마 생신, 아빠 생신도. 뿐만 아니라 다른 누구라도 잊지 않고 생일을 축하해주지. 비록 모두가 늘 네 생일을 축하해주지는 않을지라도.

넌 기념일에 상당히 집착하고, 선물 받는 것을 몹시 좋아해. 진짜 어린애 상태 그대로 머물러 있는 거지. 네 덕분에 우리의 크리스마스는 아직도 어린 시절의 크리스마스와 다름없어. 아침에는 늘 같은 의식을 치러. 전날 저녁에 벽난로에 걸어놓은 양말에 선물을 넣지 않는 사람은 이제 너뿐이야. 나도 아빠 엄마의 선물 준비에 동참한 지 오래됐거든. 넌 한밤중에 썰매에 실려올 선물들을 생각하며 잠이 들지.

우리의 두 침대가 대각선으로 비스듬히 놓여 있던 시절에 우리는 산타 할아버지가 다녀갔는지 확인하려고 새벽부터 잠이 깨곤 했고, 산타 할아버지는 우리를 실망시킨 적이 없었어. 네 나이 마흔일곱 살의 크리스마스 새벽에도 산타 할아버지는 여전히 널 실망시키지 않았지.

내가 용서를 알게 된 것 같아. 그냥 받아들이기만 하면 되는 거였어. 내 삶이 고행의 십자가 길이 아니었고 따지고 보면 그리 나쁘지 않았다는 생각을 받아들이면. 인공적인 브라운관이나 시끄러운 경광등 없이도 말이야. 난 불쌍한 코제트가 아니야. 다만 너 때문에 남들보다 삶이 조금 더 복잡할 뿐이야. 그래서? 그래서 나 또한 남들과 다르다고. 네 덕분에.

난 수치심으로 예민하게 굴 나이가 지났고, 넌 더이상 내 방패가 아니야. 이젠 내가 너의 방패가 되고 싶어.

한때는 내가 엄마의 방패인 적이 있었어. 절망의 수렁으로 엄마를 데리러 가서, 엄마의 팔을 잡아 이끌고 함께 지상으로 올라왔지. 우리는 잘 헤쳐나왔어.

난 어떤 땐 아빠의 방패이기도 했어. 온갖 종류의 앰뷸런스를 쫓아다니고 병원들의 복도를 서성여야 했지. 나는 신경과민증과 일시적인 건망증과 부정맥 심장 발작을 앓았어. 새벽 다섯시에 울리는 전화벨 소리와 갑작스러운 기상, 비샤의 응급실 혹은 생리지에의 병원에서 하염없이 대기하던 시간들이 그 원인이었지.

자, 봐, 우리는 이렇게 서 있어. 넷이서 함께.

토마가 결혼했어. 나와 헤어지고 나서 몇 주 후에 지금의 아내를 만났지. 당연한 결과야. 토마 주위에 들끓던 그 모든 여자들을 생각하면. 내 곁엔 네가 있지. 토마는 아들이 하나 있어.

더이상 연애를 하지 않은 지 오래됐어. 몇 차례 기회가 있었지만 잘 되지 않았지. 내가 사랑한 남자들은 나를 여동생 보듯 했어. 인생의 아이러니란.

내가 바라던 네 명의 자식도 없어. 넷은커녕 단 하나도. 때로 아쉬운 마음이 들지만 나에겐 네가 있어. 바로 오빠 네 덕분에 나는 쓸모 있는 사람인 거야. 네 덕분에 모성이 무엇인지 알게 되었지. 내 삶도 의미가 있는 거야. 너를 지키고 돌보잖아. 나는 오래전에 너를 있는 그대로 받아들였어. 비록 한결같이 그런 마음이기란 쉽지 않지만 너를 원망한 적은 없어. 혹시 그랬다면 아주 조금일 거고. 가장 원망스러운 대상은 네가 아니야. 날개가 꺾인 것이 네 잘못이 아니라는 걸 알거든. 네가 날고 싶어했다는 것도. 넌 내 오빠야. 세상에 둘도 없는 특별하고 하나뿐인 내 오빠. 난 누군가를 찾는 것을 접었어.

다른 정상인을 너보다 더 좋아할 수 있으리라는 확신이 없어. 고마워요, 예수님.

나는 ‘장애인’이라는 단어를 좋아하는 법을 배웠어.

혹여 누가 널 아프게 한다면 나는 그야말로 야수로 돌변할 거야. 언제든 네 주변의 위험 요소를 탐색할 거야. 준비 완료야.

열다섯, 스무 살엔 나의 자질을 모조리 발견해줄 남자를 원했어. 나를 지켜봐주고 바라봐줄 남자. 너와 정반대인 남자. 그 남자들은 하나같이 떠났지만 너는 아니야. 어쩌면 날 바라보지는 않을지 몰라도, 넌 그 자리에 있어.

나는 나이고, 너는 너야. 서로 다르다는 데 불만을 품어야 아무 소용 없어. 타고나기를 이미 그렇게 타고났는걸.

나는 엄마가 부엌에서 네가 아프고 고칠 수 없는 병에 걸려서 내가 너를 잘 보살펴야 한다고 말씀하신 그날을 가슴에 품고 그날과 함께 나이들어가고 있어. 엄마의 말씀을 가슴 깊이 새겼지. 순종적인 착한 딸이니까. 더구나 그날 이전으로 거슬러올라가 기억을 더듬어봐도 너 없는 삶을 상상해본 적이 없는걸.

너는 나를 포옹해주지 않아. 네 포옹은 엄마만 누리는 특권이지. 넌 늘 엄마의 큰 아기니까. 아마 엄마는 네 인생의 유일한 여자일 거야. 하지만 네가 날 사랑하는 걸 알아. 우린 말하는 방법이 다를 뿐이야. 넌 특별한 날에는 내게 뽀뽀 세례를 퍼부어. 엄마는 네 뽀뽀가 기분좋다고 얘기하시지. 옳은 말씀이야.

나는 널 좋아하지 않거나 네게 무심한 사람들이 싫어. 그리 이성적이거나 어진 생각이 아니라는 건 알지만 어쩔 수 없어. 사람 마음이 억지로 되나. 아빠와 엄마는 내가 너의 날개가 꺾이기 이전보다 더 널 사랑하고 보호해주길 바라셔. 그래서 난 최선을 다해. 세상에 정말로 우리 둘만 남게 될, 좀더 먼 훗날을 위해 공부하고 훈련하지. 언젠가는 우리 둘만 남아 철저히 외롭다고 느끼게 될 거야. 하지만 난 너를 절대 혼자 두지 않을 거야.

우리의 침대를 다시 대각선으로 비스듬히 놓을 거야.

"필리프?"

"왜?"

"자?"

"응."

고마워, 나의 필로, 네게 쓴 내 글을 모두 이해해줘서. 그렇다는 걸 내게 너무도 멋지게 표현해줘서.

고마워, 프랑수아즈, 이 이야기가 필리프를 다시 영웅이 될 수 있게 해줘서.

"필로, 내가 글을 썼는데, 어쩌면 그게 진짜 책이 될지도 몰라."

"아."

"서점에서 파는 진짜 책 말이야…… 잘됐지, 안 그래?"

"어, 응."

난 포기 안 해. 낙담하지 않아. 이제 너한테 법학 석사 학위 취득 때와 같은 짓은 하지 않을 거야.

"너와 나에 대해 쓴 책이야. 우리가 어렸을 때, 그리고 자라날 때의 추억들에 대해……"

너는 잠시 생각하더니 빙긋 웃으며 날 바라봤어.

'안, 라클뤼자스로 놀러갔던 거 기억나? 그때 매일 눈이 내려서 스키 한 번 타지 못했잖아…… 우리가 막상 떠나려니까 날씨가 좋아졌지, 지긋지긋했어.'

옮긴이의 말

안은 일곱 살 때 어머니로부터 오빠인 필리프가 남들과 조금 다르고 남의 도움, 특히 안의 도움이 필요한 사람이라는 고백을 듣는다. 모든 어린 여동생들에게 그러하듯 안에게도 이제껏 다정하고 든든하기만 했던 오빠, 그 오빠가 더는 영웅이 아니라 보살펴야 할 대상이며, 무엇보다 영영 회복되지 않으리라는 충격적인 현실과 마주하는 것이다. 안은 '세상 모든 것이 불길 속으로 영원히 사라져버리는 대혼란'을 겪지만, 이후로도 절망감을 마음속 깊은 곳에 꼭꼭 숨겨둔 채 오빠를 사랑하기를 결코 멈추지 않는다.

이 책은 자기 자신이기 이전에 장애인 오빠의 여동생으로서

'너무 버거운 것들을 산더미처럼 짊어진' 채 살아온 안의 내면의 토로이자, 그럼에도 수그러들기는커녕 열기를 더해가는 오빠에 대한 사랑의 선언이다. 안은 오빠가 대상인 2인칭 화법으로 남매의 유년 시절부터 현재까지를 두서없이 추억한다. 어조는 담담하고 심상하지만, 뚝뚝 끊어지듯 단편적으로 이어지는 짧은 문장 마디마디에 오빠에 대한 한없는 애정과 사랑, 나아가 결코 꺾이지 않는 생의 의지가 스며 있다.

이 책은 실은 육 년 전에 번역했다. 그동안 위대하거나 소소하고, 즐겁거나 끔찍하고, 길거나 짧은 갖가지 이야기와 문장들을 읽고 번역해왔기에, 부끄럽지만 웬만큼 인상적이지 않으면 그 모든 것들이 기억 속에서 두루뭉술하게 얽히기가 다반사다. 이 짤막한 자전적 이야기는 강렬하게 인상적이지도 않았건만 기억 속에서 선명했고, 따라서 이번에 출간을 위해 육 년 만에 다시 읽으면서도 새삼스럽지 않았다. 에피소드마다 문장 하나하나 또렷이 되살아났으니까. 장애인 오빠를 둔 청소년의 수치심과 뒤이은 자책감, 정신적이고 실제적인 불안, 그리고 그 모든 것을 극복하게 한 사랑과 자부심에 대해 이야기하는 조용하지만 강인한 어조, '오빠의 미래를 내 미래'로 기꺼이 규정하고 받아들이는 희생적 사랑과 그 오빠와 함께할 삶에 대한 희망, 사람들의 배척과 무심함에 대한 뼈아픈 외침, 감동을 주려 하지 않는 체험의 진솔함과 진정성, 거기서 비롯된 내밀함이 원인인 듯하다.

책의 해석과 감동은 독자 각자의 몫이지만 어떤 책들은 존재의 이유가 보다 명확하기도 하다. 안에게는 두려움과 절망을 몰아내는 과정이자 오빠에 대한 사랑의 선언인 이 책이, 어느 날 안이 TV 다큐멘터리를 통해 같은 처지의 장애인 여동생 이야기를 보며 그러했듯 어떤 이들에게는 위안일 수 있기를, 다른 이들에게는 나와 조금 다른 사람들, 나아가 잘못도 없이 상처 입은 사람들에 대한 무신경을 점검할 수 있는 기회가 되기를 감히 바라본다.

장소미

지은이 **안 이카르**

1968년 파리에서 태어났다. 현재 기업 법률 전문가로 일하며 창작활동을 병행하고 있다. 첫번째 작품인 『날개 꺾인 너여도 괜찮아』는 2010년 '모나코 피에르 대공 재단 문학상'을 수상했고, 이탈리아, 스페인, 네덜란드에서 번역 출간되었다. 두번째 소설 『내가 그녀들에 대해 네게 말해줄 수 있는 것』으로 2013년 '메오카뮈제 소설상'을 수상했다. 2015년 세번째 소설 『내 기억이 맞다면』을 발표해 비평가와 독자들로부터 호평을 받았다.

옮긴이 **장소미**

숙명여자대학교 불어불문학과와 동대학원을 졸업했다. 숙명여자대학교에서 강의했으며, 파리3대학에서 영화문학 박사과정을 마쳤다. 옮긴 책으로 미셸 우엘벡의 『지도와 영토』 『복종』, 카트린 팡콜의 『악어들의 노란 눈』 『거북이들의 느린 왈츠』, 필립 베송의 『이런 사랑』 『10월의 아이』 『포기의 순간』, 마르그리트 뒤라스의 『부영사』, 마르크 레비의 『두려움보다 강한 감정』 『그때로 다시 돌아간다면』, 엘렌 그레미용의 『비밀 친구』 『비밀 아파트』, 아녜스 르디그의 『기적이 일어나기 2초 전』 『그와 함께 떠나버려』, 앙리 피에르 로셰의 『쥘과 짐』 『두 영국 여인과 대륙』, 앙투안 콩파뇽의 『인생의 맛』 등이 있다.

문학동네 세계문학

날개 꺾인 너여도 괜찮아

1판 1쇄 2017년 1월 13일 | 1판 3쇄 2018년 8월 6일

지은이 안 이카르 | 옮긴이 장소미 | 펴낸이 염현숙

책임편집 신선영 손예린 | 편집 오동규
디자인 강혜림 최미영 | 저작권 한문숙 김지영
마케팅 정민호 정진아 함유지 김혜연 박지영 김수현 | 홍보 김희숙 김상만 이천희
제작 강신은 김동욱 임현식 | 제작처 한영문화사(인쇄) 경일제책사(제본)

펴낸곳 (주)문학동네
출판등록 1993년 10월 22일 제406-2003-000045호
주소 10881 경기도 파주시 회동길 210
전자우편 editor@munhak.com
대표전화 031) 955-8888 | 팩스 031) 955-8855
문의전화 031) 955-8862(마케팅) 031) 955-7972(편집)
문학동네카페 http://cafe.naver.com/mhdn | 트위터 @munhakdongne
북클럽문학동네 http://bookclubmunhak.com

ISBN 978-89-546-4304-7 03860

www.munhak.com